マイノリティーとしての
村上春樹論

梅川康輝

はじめに―マイノリティー論である理由

私の村上春樹との出会いは高校三年生の春であった。

子供の頃は神社の境内で野球をして遊んでいたタイプだった。小中高の国語の成績も良くなかったので、特に小説に関しては劣等生だったといえるだろう。運動部の部活動や勉強で忙しく、それまで小説はほとんど読んだことがなかった。

高校には自転車で通学していたが、雪が降る冬期間はバス通学だった。とはいっても、家の近くにバス停がなかったので、下車してから三十分くらい歩かなければならなかったが。

帰り道の途中に小さな書店があった。そこで普段は音楽雑誌を見たりしていたのだが、ある時ふと村上春樹の名前を思い出した。何年か前に『ノルウェイの森』

がベストセラーになったことをニュースで見て覚えていたのだ。私は小説の本棚の前に立ち、村上春樹の本を探した。ちょうど、『ダンス・ダンス・ダンス』が陳列してあった。本を手に取り、まずカバーの絵が気に入った。一冊千円以上と高校生には高かったが、たまたまお金があったのだろう。思い切って上巻だけ買ったのだった。

私は村上春樹の文体に魅了され、どんどん読み進めていった。大人はこんな面白いものを読んでいるのか、そう思った。そのうち下巻も買った。バス通学の時はバス停に下車してから直線道路を千メートルくらい歩くのだが、私は『ダンス・ダンス・ダンス』を読みながら歩いて帰った。つまり、交通量が少なく、それだけ田舎だということだ。

私は村上のしゃれた文体や都会的な会話に憧れた。予備校に入ると、親元を離れて寮に入った。寮ではテレビがなかった。私は歩いて紀伊国屋書店に行ったり、別の近くの書店で文庫本を買ったりして読んでいた。そこで出会ったのが『ノルウェイの森』だった。文庫本で今でも自宅の本棚にある。私は村上春樹の中で、

『ノルウェイの森』が一番好きなのだが、これは十九歳の多感な時期に読んだというのが一番の理由ではないかと思っている。

東京の大学への憧れ、全共闘世代への何らかの憧憬、自伝的な雰囲気、センチメンタルな匂い。すべてに感動し、作品に吸い込まれるように読みふけった。直子が死んだ時は本当に泣いた。夜に寮のベッドで横になって読んでいたのだが、ボロボロ涙が出てきた。本を読んで泣いたのは初めてだったかもしれない。

それ以来、大学に入ってからは特に村上の軽妙なエッセイを読み漁った。『村上朝日堂の逆襲』や『村上朝日堂はいほー！』はエッセイの傑作だと思う。そのエッセイの中で村上は、「小説はどうしたら書けるのか」という読者の質問に対して、「生きることだ」と答えていた。それを読んだときは二十歳で、何を言っているのか分からなったが、四十代半ばを過ぎた今ではよく分かる。ものを書くには人生経験も必要だし、生きるということは一生懸命仕事をするということである。やはり、小説やエッセイは人間力が問われるものであり、文章がうまいとか、英語ができるとか、偏差値の高い大学を出ているとかは関係ないのである。そういうことを村上は言いたかったのではないだろうか。

二〇一〇年にトラン・アン・ユン監督、松山ケンイチ主演で映画化された『ノルウェイの森』は映画館ではなく、後になってインターネットカフェの動画配信で観た。

十九歳の時に読んだ印象では、直子はうつ病かなと思ったくらいだった。本の中では病名は一切書かれていなかったからだ。ほとんどの読者もノイローゼかな、と思っていたのではないだろうか。

しかし、私は映画の中で、レイコさんの語りの言葉として「直子は幻聴が出ています」という言葉を聞き逃さなかった。当時、病気についていろいろ調べていたこともあり、これは統合失調症であると気付いた。その後、インターネットで調べたところ、精神科医が『ノルウェイの森』は統合失調症を書いたものだとブログに書いているのを見つけた。

それから、村上春樹は障害者やマイノリティーについて書いている作品が多いことに気付いた。『国境の南、太陽の西』も予備校時代にリアルタイムで読んだ作品だったので、ヒロインの足が悪いことはすぐに思い出したし、『海辺のカフカ』ではナカタさんが知的障害者だとも知っていた。

二〇一四年に発行された『女のいない男たち』にも読後にある意味で違和感が残った。発達障害と思われる若者が登場し、その相方は村上をモデルとしたと思われる人物だったからだ。

また、『ノルウェイの森』には突撃隊という寮の同部屋の右翼学生が登場する。いわゆるどもりであり、吃音症の設定である。村上本人は目白の学生寮に入ったことは有名な話であり、右翼学生は本当にいたのかもしれないが。

二〇一七年一二月号から二〇一八年九月号まで月刊「公評」に村上春樹論の連載を書いた後、大学中退後に入ったジャーナリスト専門学校時代の恩師に手紙を書いた。恩師はノンフィクションライターだったが、昔は文芸評論も書いていた方である。恩師の返信には「思いつきではダメ。文芸評論は注目されない。それに耐えられるか」と書いてあった。障害者やマイノリティーに着目したのは思いつきではなかった。村上春樹論を書くに当たって、企画を通すためには今までにない視点で切り込まなければならなかった。村上春樹論は単行本だけでも二百冊を超えると言われている。大学教授からフリーライターまでありとあらゆる視点で論じられているのである。

私は田舎出身で実家は農家だし、大学も体調不良で中退しているということで、以前からマジョリティーには属していないという自覚はあった。ジャーナリズムを学んだ学生時代、在日コリアンや部落問題、アイヌ民族に興味を持ち、文献やフィールドワークで調査したこともあり、マイノリティーには人一倍関心があり、いつか書いてみたいという思いがあった。

そこで、村上がマイノリティーに注目しているのではないかという仮説を立て、論じてみようと思ったのである。おそらく、日本の作家でこれだけマイノリティーにこだわっている作家も珍しいのではないだろうか。

ところで、私はジャーナリスト専門学校時代の授業で『言語としてのニュージャーナリズム論』（学藝書林）を書かれた玉木明氏の講義を聞いたことがある。沢木耕太郎を論じていたのと、私の故郷の地方新聞の記者だったことで興味を持ったのだが、その授業の中で玉木氏は、「私が主語になる文章を書いて下さい」と言われたのである。当時の私は「そんなことは当たり前だ」と思っていたが、新卒で業界紙に入った時、途端に「私は」という文章が書けなくなっていた。つまり、業界紙は経済ニュースであり、企業名が主語になるので、「私」が主語になる文章など書けないのだ。玉木氏が言ったのはこのことかと思った。

いわばマスコミ病である。客観的な文章ばかり書いていると「私は」の文章が書けなくなり、自分の個性や感性が記事からなくなっていくということだ。玉木氏は自己主張を大事にしなさいと言われていたと思う。ジャーナリストの本多勝一が言うように、完全な客観報道はないのである。自らソースを選び、構成し、記事を書くわけだから。毎日新聞が先駆けて、記事の署名化を始めたのは有名な話であるが、依然として、日本の新聞は無署名記事がほとんどである。

あれから年月が経って、この村上春樹論を一冊にまとめることになった。マスコミを辞めて自由になったからこそ「私は」の文章が書けたのだと確信している。

目次

Ⅰ 『ノルウェイの森』…理解不能な他者としての直子

『ノルウェイの森』は村上春樹を語る上で欠かすことのできない代表作であり、バブル期に発売されたこの作品の発行部数は単行本と文庫本を合わせると一千万部を超える。欧米やアジア諸国など、約三十か国語で翻訳されており、特に人気が高い中国では百万部以上が出版されているという。今やノーベル文学賞の受賞も夢ではない村上春樹。その中でもこの作品は日本を代表するベストセラーと言っていいだろう。

この小説は一九八三年に書かれた短編小説『蛍』―『蛍・納屋を焼く・その他の短編』に所収―をベースとしていることはよく知られている。『蛍』の内容は『ノルウェイの森』では全体の中の第二章、第三章となり、内容も若干書き換えられている。『ノルウェイの森』では恋人の直子と、同級生のキズキ、東京の学生寮の同居人である突撃隊が出てくるが、『蛍』では三人とも「彼」「彼女」と呼ばれているだけで名前はない。

村上の場合、『蛍』のように短編が長編の土台となることが多い。『世界の終わりとハードボイルド・ワンダーランド』は、一九八〇年に「文学界」に発表された『街と、その不確かな壁』を基にしているし、『ねじまき鳥クロニクル』は『ねじまき鳥と火曜日の女たち』―『パン屋再襲撃』所収―をベースにしている。

『ノルウェイの森』はこれまで出版されている何百冊という村上春樹に関する文芸評論や関連本でも幾度となく語られてきた。ヒロインの直子が「死」を表し、大学の同級生の緑が「生」を表すというのが一般的な読者の解釈だが、文芸評論家の川村湊は『〈ノルウェイの森〉で目覚めて』（群像一九八七年一一月号）の中で、本のタイトルの「森」に注目して森は木の字が三つあることから、僕と直子と緑の三角関係を表していると書いている。

数ある文芸評論の中でも、石原千秋の『謎解き村上春樹』（光文社新書）は独自の視点で論を展開している。石原は『ノルウェイの森』のテーマは誤配であるとし、主人公のワタナベトオルが友人のキズキから送られた直子をキズキのもとに届ける小説であると主張する。

ワタナベは自殺したキズキから直子を譲られるが、直子はワタナベを愛せなかったことからも分かるようにこれは間違った場所へ送られたもの、つまり誤配であり、主人公が自分の責任を果たす方法はキズキのもとに直子を届けること、言わば、直子を自殺させることだと説く。直子は心の病で自殺したというのが一般的な見解だが、主人公が自殺させたというこの主張は全く新しい視点であり、注目に値すると言えるだろう。

好意的な評論が多い中で、中には批判的なものもある。その急先鋒が評論家の小谷野敦だ。小谷野は『反=文藝評論』（新曜社）で村上作品全般を批判している。

“私が春樹を容認できない理由は、たった一つ。美人ばかり、あるいは主人公好みの女ばかり出てきて、しかもそれが簡単に主人公と「寝て」くれて、かつ二十代の間に「何人かの女の子と寝た」なぞというやつに、どうして感情移入できるか、という、これに尽きるのである。”

引用:『反=文藝評論』/小谷野敦(新曜社)

小谷野の言い分にも一理ある。特に『ノルウェイの森』では「僕」が永沢さんとガールハントをする場面も描かれており、フェミニストからは非難されるだろう。しかし、村上に批判的な評論家は少ない。文壇内でもタブー化しているのかもしれない。多様な言論という意味では、小谷野の存在は貴重だといえよう。

ここまで既刊の批評で語られてきた主張を簡単にまとめたが、本書では村上春樹に関する文芸評論でこれまでほとんど語られることのなかった、直子が精神障害者として描かれていることについて考察する。
『ノルウェイの森』は『世界の終わりとハードボイルド・ワンダーランド』に代表されるファンタジー色が強かった以前の作品とは一線を画し、リアリズムの手法で描かれているが、これは村上作品の中でも特異と言っても過言ではない。村上自身もインタビュー集『夢を見るために毎朝僕は目覚めるのです』(文藝春秋)の中で、外国人インタビュアーの質問にこう答えている。

“リアリスティックなスタイルは、まったく好きではありません。たとえば『ノルウェイの森』は、僕の作品の中では例外的です。”

引用:『夢を見るために毎朝僕は目覚めるのです』/村上春樹(文藝春秋)

なぜ嫌いな手法を持ってしてまでリアリズムで書いたのか。それは結論から言うと、この作品はリアリズムで書かなければならなかった理由があるからだ。つまり、詳しくは後述するが、『ノルウェイの森』は自伝的小説であるからこそ、村上春樹の唯一とも言えるリアリズムの長編となった。

『ノルウェイの森』の舞台は一九六八年の東京。高校の同級生、キズキは車に排気ガスを引き込んで自殺する。僕と直子は東京で再開し、ふとしたきっかけで肉体関係を持つ。その後、彼女は心が病んで京都の山奥にある療養所に入ることになる。そして、直子は突然自殺する。

いわゆる七〇年安保闘争の時代であり、大学では学生運動が全盛だったが、村上は学生運動を否定的に描いている。これは学生運動を経験していることからくるものであろう。前出のインタビュー集で「学生運動はその当時とても大きなムーブメントだったし、やはりその影響はあると思います。それは僕に『言葉への信頼の喪失』みたいなものをもたらしたかもしれません」と語っている。

作品中では、機動隊によって運動が鎮圧されるや否や、何事もなかったかのように単位を落とさないように授業に熱心に出席し始める学生たちを見て、「僕」は自殺した親友のキズキにこう呼びかける。

“おいキズキ、ここはひどい世界だよ、と僕は思った。こういう奴らがきちんと大学の単位をとって社会に出て、せっせと下劣な社会を作るんだ。”

引用：『ノルウェイの森』／村上春樹(講談社文庫)

さらにこうも書いている。

“僕は九月になって大学が殆ど廃墟と化していることを期待していってみたのだが、大学は全くの無傷だった。図書館の本も掠奪されることなく、教授室も破壊しつくされることはなく、学生課の建物も焼け落ちてはいなかった。あいつら一体何してたんだと僕は愕然として思った。”

引用：『ノルウェイの森』／村上春樹(講談社文庫)

早稲田大学を舞台にした学生運動を批判的に描いた小説では三田誠広の『僕って何』（文藝一九七七年五月号）がある。『僕って何』は田舎から上京した主人公が大学で学生運動に巻き込まれたり、年上の女性と同棲したりする青春小説である。同書は一九七七年発行であり、村上春樹のデビューは一九七九年。村上は三田の一歳年下で、同時期に早稲田大学にいた。しかも同じ文学部である。

三田は『書く前に読もう超明解文学史』（朝日ソノラマ）でこう書いている。

“私とほぼ同時期に、同じ大学にいたらしい。キャンパスで会ったことはないんですが。とにかく、全共闘運動が真っ盛りの頃に大学にいたわけですね。”

引用:『書く前に読もう超明解文学史』／三田 誠広（朝日ソノラマ）

『村上春樹を歩く』（彩流社）の著者の浦澄彬はこう記述している。

“

ちなみに、村上は兵庫県立神戸高校の出身で、三田は大阪府大手前高校の出身である。ともに関西にいながら、村上はエッセイに語られているようにのんきな映画三昧、小説三昧の高校生活を送った。三田の方は、学生運動にのめりこんだり、人生を考えるために一年間休学したり、小説で賞をとったり、激しい高校生活を送った。同じ「全共闘世代」といっても、学生生活は様々であるのが面白い。

”

引用：『村上春樹を歩く』／浦澄 彬（彩流社）

芥川賞を受賞し、当時、団塊の世代の旗手として注目された三田の『僕って何』を村上が読んでいた可能性は十分にある。村上は神宮球場でヤクルト戦を観戦している時にふと小説を書きたくなったとエッセイで書いているが、三田の活躍に触発されてデビュー作の『風の歌を聴け』を書いたのではないだろうか。アメリカ文学好きだった村上が日本文学を読んでいればの話だが。
『風の歌を聴け』も一九七〇年が舞台であり、村上自身も『村上春樹全作品』(講談社)「ノルウェイの森」の「自作を語る」の中で、『風の歌を聴け』の完全なるひっくり返しである」と語っている。つまり、デビュー作から学生運動の盛んだった大学時代を描いているのである。同じ文学部でもあった三田を意識していた可能性は高い。

少し話がそれるが、村上は『風の歌を聴け』『1973年のピンボール』で芥川賞候補になったが、結局受賞はできなかった。村上は『職業としての小説家』(スイッチ・パブリッシング)で珍しく芥川賞について語っている。

“僕が芥川賞をとろうがとるまいが、僕の書く小説はおそらく同じような種類の人々に受け入れられ、同じような種類の人々を苛立たせてきたはずです（少なからざる数の、ある種の人々を苛立たせるのは、文学賞とは関係なく僕の生まれつきの資質のようです）。”

引用：『職業としての小説家』／村上春樹（スイッチ・パブリッシング）

芥川賞を取った三田は、次第に歴史小説に移行していったのに対し、村上は現代小説にこだわり、現在のベストセラー作家の地位を築いた。純文学作家で芥川賞が欲しくない作家はいないと思うが、村上ぐらいの地位になれば賞は関係ないと言えるだろう。

ところで、多くのいわゆる「村上春樹本」では主人公の恋人、直子は心の闇を抱えていると書かれているケースが多いが、ではその心の闇とは一体何なのかということを書き込んでいる本は驚くべきことに少ない。

単行本で、直子が入院する療養所、阿美寮で同じ部屋に暮らすレイコさんが主人公へ宛てた手紙の中で「それから幻聴が少しずつ始まりました。彼女が手紙を書こうとすると、いろんな人が話しかけてきて手紙を書くのを邪魔するのです」と書かれており、私は直子が統合失調症として描かれていることに気付いた。さらに、二〇一〇年に公開された映画版で「直子はまた幻聴が出ています」というナレーションが入るシーンもある。

幻聴とは統合失調症の典型的な症状で、いるはずのない場所から人の声が聞こえたり、テレビやラジオから自分のことを話す声が聞こえたりする症状である。幻聴に関する知識があれば統合失調症だと分かるかもしれない。

しかし、作品中ではレイコさんが「精神病なんだから自殺くらいするだろうって思ってるのよ」と言う場面があるくらいで、具体的な病名は一切書かれていない。作品が出された一九八七年当時はまだ精神分裂病と呼ばれており、差別と偏見も今の何倍も強かったと思われる。

作品の中ではうまく言葉が話せないとか、人と会えないという症状は書いてあるが、幻聴や被害妄想と言った統合失調症の典型的な症状は全く書かれていない。直子の症状は例えばこのように記述してある。

“

「うまくしゃべることができないの」と直子は言った。「ここのところずっとそういうのがつづいているのよ。何か言おうとしても、いつも見当ちがいな言葉しか浮かんでこないの。検討ちがいだったり、あるいはまったく逆だったりね」

”

引用：『ノルウェイの森』／村上春樹（講談社文庫）

さらに、ワタナベに宛てた手紙の中で直子はこう書いている。

“返事が遅くなってごめんなさい。でも理解してください。文章を書けるようになるまでずいぶん長い時間がかかったのです。そしてこの手紙ももう十回も書き直しています。文章を書くのは私にとってとてもとても辛いことなのです。”

引用：『ノルウェイの森』／村上春樹（講談社文庫）

統合失調症は知的機能の衰えが見られ、読書や文章を書くなどの行為が困難になる場合もあるという。複雑な心理現象を表現する能力を失っていることが多いらしい。

しかし、統合失調症の典型的な症状が書かれているわけでもなく、病名の記述もないわけだから何の病気かは読者には分からないだろう。バブル期にどれだけの読者がこの作品が偏見の強い精神疾患を描いた小説だと理解していただろうか。

だが、『精神科医が読み解く名作の中の病』（岩波明著・新潮社）の中で、直子は統合失調症として描かれていると指摘されている。

“

誕生日の直後、直子は恋人であるワタナベの前から突然姿を消す。(中略)このような唐突で衝動的な行動は、統合失調症に特徴的なものである。

”

引用:『精神科医が読み解く名作の中の病』/岩波明(新潮社)

著者の岩波が精神科医であることからも統合失調症であるという見解は正しいと考えてよいだろう。ちなみに、芥川龍之介や宮沢賢治、ゴッホやムンクも統合失調症だったのではないかと言われている。芥川は、本人と思われる主人公が登場する『歯車』に、自ら精神病院で診てもらおうとすることを書いているし、ゴッホは幻聴から逃れるために自身の耳を切った。ムンクの「叫び」は幻聴の恐怖を表していると言われている。この病気は芸術家の天才肌が多い。

数ある村上春樹論の中で、直子の心の病に言及しているのは文芸評論家の清水良典くらいである。著書『増補版村上春樹はくせになる』（朝日文庫）でこう書いている。

“直子の「病」の根は思いのほか深い。しかし、直子の「病」をたんに精神病と呼んでしまうと、微妙な違和感が生まれる。つまり、「健常者」と異なる気の毒な「異常者」「病者」というふうに彼女を区別してしまうとしたら、この小説の一番大事なものが見えなくなってしまう気がするのだ。”

引用：『増補版村上春樹はくせになる』／清水良典（朝日文庫）

さらに「あたかも直子は恋人の死にショックを受け、それ以来心の安定を失っていたと見える。しかしキズキが自殺をする以前に、すでに直子は十分心を病んでいた可能性が強いのである」とし、直子の姉と叔父が自殺していることにも言及している。

直子を統合失調症患者として捉える私とは立場が違うが、直子の心の病について踏み込んで書いているのは清水くらいであろう。直子が言葉にも性的関係にも適応できないのは、彼女が思春期の始まりに死に占拠されてしまったからであり、「生」への意思が損なわれていると清水は結論付けている。

話題を『ノルウェイの森』全体に移そう。あとがきの中で村上は、「この小説はきわめて個人的な小説である（中略）この小説は僕の死んでしまった何人かの友人と、生きつづけている何人かの友人に捧げられる」と書いている。

加えて、『村上春樹全作品』の「自作を語る」ではこう述べている。

“そしてこの話は基本的にカジュアルティーズについての話なのだ。それは僕の周りで死んでいった、あるいは失われていったすくなからざるカジュアルティーズについての話であり、あるいは僕自身の中で死んで失われていったすくなからざるカジュアルティーズについての話である。”

引用：『村上春樹全作品』の「自作を語る」／村上春樹（講談社）

ここで言うカジュアルティーズとは、直訳すれば戦いの中で死んでいった者たちとなり、作品の中ではキズキであり、直子であり、永沢さんの恋人である。

さらに、主人公が神戸出身であること、大学に入学した年が村上と同じ一九六八年であること、東京の私立大学で演劇を専攻していること、主人公が入っていた寮が村上も入寮した和敬塾をモデルにしていることなども考慮すれば、自伝的小説の可能性があると考えられよう。

だが、別のところでは、『ノルウェイの森』は自伝的な話ではなくて、特定のモデルは存在しないということです」―『村上さんのところコンプリート版』（新潮社）―と否定している。阿美寮についても、「精神医療施設もまったくの想像の産物ですが」―同―とコメントしている。しかし、一方では、「あるいはいろんな人のキャラクターが合成されてできあがっています」―同―とコメントしており、複数の合成ということはつまり、モデルが実在するということであり、結果的に自伝的小説であるということになる。

私は直子にもモデルがいたと考えている。そうでなければ当時、相当な差別意識のあった精神分裂病患者をヒロインとして設定しないと考えられるからだ。しかも、『風の歌を聴け』には「三番目に寝た女の子」が二十一歳で首つり自殺した女性として描かれているほか、『１９７３年のピンボール』ではっきりと直子という名前が出てきており、初期作品にも度々登場している。さらに、村上は前出の「自作を語る」の中でカジュアルティーズと言っている。つまり、自分の周りで人が死んでいるということであり、その中に直子のモデルがいた可能性は十分にある。

評論家の小谷野敦も『病む女はなぜ村上春樹を読むか』（ベスト新書）で直子のモデル説に言及している。

“つまり、春樹自身が、おそらく高校で『直子』の原型となった女とつきあっていて、彼女が精神を病んで自殺したという事実があり、それがほぼそのまま『ノルウェイの森』になり、同時並行的に知り合った、健全な女性がいて、それが夫人の陽子さんということになるのだろう。”

引用：『病む女はなぜ村上春樹を読むか』／小谷野敦（ベスト新書）

さらに、浦澄彬は前出の『村上春樹を歩く』で、直子のモデルとして、村上の神戸高校時代のガールフレンドの存在を示唆している。浦澄は、村上の高校の二つ先輩で同校の教員に取材しており、その女性Ｋさんは村上が所属していた新聞委員会の同期生だった。Ｋさんは神戸高校を卒業後、国際基督教大学に進学し、一年後、村上も上京し早稲田大学に入学した。そして村上春樹と仲がよく、二人はつきあっているのではないかと噂されていたらしい。二人そろって暗いイメージのカップルだったという。

さらに、浦澄は緑のモデルとして夫人をあげ、「こうしてみると『ノルウェイの森』という小説は、村上春樹にとって本当に「個人的な小説」（あとがきより）だったことがわかる」と結論付けている。

小谷野も浦澄も全く同じ見解だが、当の村上は『村上さんのところコンプリート版』で、陽子夫人の緑モデル説を否定している。質問は二十歳の男子学生からで、村上の研究をしている教授が言うには緑は現在の奥さん、直子は高校時代の同級生、キズキは友人とのことだが、本当でしょうかという内容だった。

“うちの奥さんにあなたのメールを見せたら、『まったくもう、どうして私が緑のモデルなのよ！』とぷんぷん怒っていました。そんなに怒ることもないと思うんだけど。”

引用:『村上さんのところコンプリート版』／村上春樹（新潮社）

これで緑モデル説は消えた。それでは直子はどうか。村上は『村上さんのところコンプリート版』でこう書いている。

“この『ノルウェイの森』は自伝的な話ではないし、特定のモデルは存在しないということです。ここに書かれている心情のようなものは、おおむね僕が抱いた心情にちかいかもしれません。しかし書かれている全くのフィクションですし、具体的なモデルはいません。”

引用：『村上さんのところコンプリート版』／村上春樹（新潮社）

これで直子のモデル説も消えたということになろうか。しかし、いずれにしても物語の中で「直子」は存在するのだし、これまでも、そしてこれからも日本を代表するベストセラーのヒロインとして、多くの読者を感動させる存在には違いない。

精神病を描いた文芸作品は島崎藤村の『夜明け前』や古井由吉の芥川賞受賞作『杳子』・島尾敏雄の『死の棘』・五木寛之の『四季・奈津子』・泉鏡花の『日本橋』がある。島尾の『死の棘』は、子供を親戚に預け、夫の裏切りで精神を病んだ妻と夫が精神病院に入院する話で重い内容である。

また、現代ミステリーでは高村薫の『マークスの山』・帚木蓬生の『閉鎖病棟』などがあるが、統合失調症を描いたものは非常に少ない。ルポでは朝日新聞の記者だった大熊一夫が精神病院に潜入取材し、患者への非人道的な扱いをスクープした『ルポ・精神病棟』が有名である。統合失調症当事者が書いた手記も商業出版に限れば『なんとかなるよ統合失調症』(解放出版社・森実恵著)や『ボクには世界がこう見えていた』(新潮文庫・小林和彦著)など数えるほどしか出版されていない。従って、一般的に実態が知られていないこの病気の理解を深めるという意味では、『ノルウェイの森』で統合失調症を取り上げる意義は大いにあったと言えるだろう。

身体障害者と比べて、見えにくい障害である精神病をテーマとすることは読者に理解されにくいし、困難な試みと言えるが、統合失調症患者を描くことで物語に異質な他者を持ち込むことに成功している。

特に『ノルウェイの森』では直子は「死」のモチーフとして描かれており（実際、突然自殺するわけだが）、理解不能な他者として描かれている。私は直子のモデルが存在したと考えているが、これらを表現するために統合失調症患者を登場させたのではないか。もちろん「僕」は理解しようと試みるのだが、健常者の「僕」から見れば、患者の直子やレイコさんは別世界の人間であるし（それはレイコさんの「でも私、この七年間、このへんから一歩も外に出たことないのよ」という言葉にも現れている）、レイコさんとは肉体関係を持つものの、直子とは結局、愛し合えないまま終わってしまう。障害者というある意味で異質な存在を物語に持ち込むことによって、より一層の深さを追及していると言えるかもしれない。

ここで、物語で重要な役割を果たしている阿美寮について考察したい。

阿美寮は京都にある精神障害者のための施設であり、直子とレイコさんが入院している場所である。「僕」は訪問する際に、トーマス・マンの『魔の山』を持参する。『魔の山』は主人公がスイスの山中の療養所で人々に会い、一人前の大人になっていく物語だが、前出のように阿美寮は村上の想像の産物であり、『魔の山』の療養所をモデルにしていることは明らかだろう。

清水良典は前出の著書『増補版村上春樹はくせになる』でこう書いている。

> **“「阿美寮」と呼ばれるこの施設は、『羊をめぐる冒険』の北海道の山荘のように、あるいは『世界の終わりとハードボイルド・ワンダーランド』の森の中の静かな街のように、この世とは異なる次元の空間ではないかと考えたくなる。”**

引用：『増補版村上春樹はくせになる』／清水良典（朝日文庫）

確かに一九七〇年代の精神病院と言えば（今でもそうだが）、鉄格子のイメージが強かった時代である。森実恵は前出の手記で精神病院についてこう書いている。

“義母と同居して半年ほどたったころ、幻聴もひどくなり、『死ね、死ね』と四六時中繰り返すようになっていた。私は実家に帰り、その年の三月、閉鎖病棟に入院した。閉鎖病棟の入り口にあるものものしいガラス扉。看護師がたくさん鍵を持っていてガシャガシャいわせて扉を開けた。（中略）このような状態で生きていることは地獄である。一刻も早く死んだほうがましであるとわたしは考えた。しかし、閉鎖病棟であるから、そこには死ぬための道具がなかった。ストッキングも首をつる人がいるからということで取り上げられていたし、通常ならベッドの周りにあるカーテンや窓のカーテンさえなかったからである。”

引用：『なんとかなるよ統合失調症』／森実恵著（解放出版社）

阿美寮のような障害者とスタッフが平等であって、自給自足ができる施設は当時はなかったし、現在でも日本にはないかもしれない。イタリアには精神病院がないらしく、もしかしたら阿美寮に近い施設があるかもしれない。

この点について、精神科医の岡本直は「月刊ノーマライゼーション」（二〇〇二年九月号）でこう書いている。

“執筆活動を海外に拠点を置く作者ならではの障害者観とも言えるが、ここで大事なことは、作品の時代背景が１９６０年代から７０年代を前提とし、その時代に前記の療養施設の作者の発想は先駆的である。おそらく作者は１９６０年代に欧米で流行した反精神医学、すなわち、従来の伝統的精神医学が狂気イコール病気と仮定してきた視点への異議申し立て的な思想を取り入れた可能性がある。”

引用：「月刊ノーマライゼーション」（2002年9月号）／岡本直（日本障害者リハビリテーション協会）

障害者福祉用語でノーマライゼーションという概念がある。一九六〇年代に福祉先進国の北欧諸国から始まった理念であり、障害者と健常者が特別に区別されることなく、社会生活を共にするのが正常なことであり、本来の望ましい姿であるという考え方である。

「僕」は直子と肉体関係を持つし、一緒に暮らしたいと手紙で告げる。「僕」は直子との結婚も視野に入れていただろう。障害者と健常者の結婚。結局、成就はしなかったが、これこそが本当のノーマライゼーションではないだろうか。村上は『ノルウェイの森』で、ノーマライゼーションを体現化して見せたのである。

※

なぜ村上は精神障害者を書くのか。私はこの問いにこだわりたい。ここに興味深いコメントがある。『村上さんのところコンプリート版』に収録されているもので、ある精神病患者の質問に答えているコメントである。

“

僕は小説家として、自分の無意識の中に「降りていく」作業に携わっています。言うなれば、意識と無意識を隔てた扉を開けて、「この世界ではない別の世界」に入っていきます。そしてこちらに戻ってきます。そういう作業は往々にして、精神を病んでおられるsymptom（徴候）に近い要素が含まれているようです。ごく簡単に言ってしまえば、自由にその扉の開け閉めを出来るのが作家であり、自由にはそれができなくなったときに、それが病理と呼ばれるのではないかと、個人的には考えております（あくまで私見ですが）

”

引用：『村上さんのところコンプリート版』／村上春樹（新潮社）

これはある意味で、精神障害者への共感である。さらに、驚くべきことに村上自身が学習障害の傾向があると発言しているのである。

“それから世の中には「学習障害」というものがあります。（中略）知的能力は全く劣っていないんだけど、システマティックな勉学に向いていない。そういう能力が欠如、あるいは不足している。そういう傾向のある人に「勉強しろ」というのは、ほとんど拷問に等しいことです。僕にも少しくらいそういう傾向があったかも。好きなことならいくらでもできるんだけど、いやなことには全然関心が向かない。そういう傾向は今でもぜんぜん変わっていません。”

引用:『村上さんのところコンプリート版』／村上春樹（新潮社）

学習障害は現在では限局性学習症と呼ばれており、発達障害の一種である。目も見え、耳も聞こえているのに読む、書く、計算するという学習技能のいずれか一つ以上が上手くできない状態をいう。

村上のこの発言はある意味で衝撃的だ。日本を代表する作家が障害の傾向があると告白したのだから。作家にはうつ病や躁うつ病を公表していた人は多いが、学習障害は他にいないだろう。書籍版では割愛されていたが、電子書籍のノーカット版で収録された。

発達障害にはコミュニケーションや対人関係に問題がある自閉症スペクトラム症や、前出の限局性学習症、落ち着かないや集中が難しいなどのＡＤＨＤ（注意欠如・多動症）がある。

ＡＤＨＤは天才病とも呼ばれ、海外の偉人ではエジソン・アインシュタイン・モーツァルト、国内では織田信長や坂本竜馬がそうだったのではないかと言われている。発達障害者を美化するわけではないが、特別な才能を持った人が多いようだ。学習障害の傾向を告白した村上もストーリーテラーとして天才的な能力を持っているといえよう。

一方で、前出のインタビュー集『夢を見るために毎朝僕は目覚めるのです』ではこんなことを語っている。

“すべての人間は心の内に病を抱えています。その病は、我々の心の一部なのです。僕らは意識の中に「正常な部分」と「正常でない部分」を持っています。（中略）しかしもし僕がそのような普通ではない部分を持っていなかったとしたら、病んだ部分を持っていなかったとしたら、僕はまずここにはいないと思います。”

引用：『夢を見るために毎朝僕は目覚めるのです』／村上春樹（文藝春秋）

これは一般論として語っているようにも見えるが、いずれにしても、村上は何らかの障害を抱えている可能性があるといえよう。

ところで、村上はなぜ障害者を作品に多用するのか。それは村上自身が障害の傾向があるために、障害者に理解があるためだと思われる。エルサレム賞受賞式での有名なスピーチは社会的弱者へ寄り添う視点の表明である。以下にポイントを引用する。

“ひとつだけメッセージを言わせてください。個人的なメッセージです。これは私が小説を書くときに、常に頭の中に留めていることです。（中略）もしもここに硬い壁があり、そこにぶつかって割れる卵があったとしたら、私は常にたまごの側に立ちます。そう、どれほど壁が正しく、卵が間違っていたとしても、それでもなお私は卵の側に立ちます。正しい、正しくないかは、ほかの誰かが決定することです。あるいは時間や歴史が決定することです。”

引用：『村上春樹 雑文集』／村上春樹（新潮社）

このスピーチに関して、フランス文学者の内田樹は「このフレーズが興味深いのは、『私は弱い者の味方である。なぜなら弱いものは正しいからだ』と言っていないことである。たとえ間違っていても私は弱いものの側につく、村上春樹はそう語ったのである」―『もういちど村上春樹にご用心』（文春文庫）―と書いている。

一般的には壁は社会システム、卵はその犠牲者ということになろうか。しかし、卵はマイノリティーと置き換えることもできよう。村上はマイノリティーへ寄り添うと宣言したと読み取ることもできる。このように読み解くと、極論すれば、村上文学はマイノリティー文学であると言えるのかもしれない。

Ⅱ 『女のいない男たち』…発達障害と拒食症の男たち

『女のいない男たち』は書き下ろし一編を含む六編が収められているが、村上春樹には珍しく前書きが書かれている。これは『文藝春秋』(二〇一三年一二月号)掲載時に『ドライブ・マイ・カー』という短編の記述に関して抗議があったため、単行本出版に際して変更することを公言していたのだが、その説明をするためだと思われる。

この作品は厳密に言えば連作ではないが、主人公がそれぞれ妻と死別していたり、離婚していたり、独身主義者だったりと、タイトルの通り女のいない男が出てくる。村上自身、前書きにも書いているが、連作に近いと言えるだろう。不倫や浮気が主題となっているが、発達障害や摂食障害と思われる人物が登場しており、障害も隠れたテーマと言えそうだ。リアリズム小説で非日常的な事柄はなく、いつもの村上ワールドとは一風変わった作品である。

その中の短編『イエスタデイ』は田園調布出身ながらも関西弁を完璧に使いこなすという予備校生の木樽と、村上春樹の大学時代を思わせる人物、谷村が登場する。木樽はカウンセリングに通っているほか、記憶力が抜群なことから、発達障害の疑いがある。木樽は二浪の予備校生で早稲田大学の合格を狙っているが、受験勉強はあまりしておらず、谷村と同じ喫茶店でアルバイトをしている。

もちろん、文中では発達障害であるというような記述は一切ない。これは『ノルウェイの森』でヒロインの直子が当時の呼称である精神分裂病とは一切書かれていなかったのと同じだ。村上春樹は直接的に書くのを好まず、読者が深読みして理解するというスタンスをとっているように見える。実際に、インタビュー集『夢を見るために毎朝僕は目覚めるのです』で自身のそのような傾向を語っている。

しかし、木樽は阪神タイガースのファンが高じて関西弁をマスターし、芦屋出身の谷村に「たとえばおまえの関西弁は、東京人が後天的に学習したにしては、異様なくらい完璧すぎる」と言わしめ、次のような記述を見れば発達障害と言えるだろう。

木樽は谷村に言う。

“あのな、中学校の終わり頃から、おれはセラピストのとこに定期的に通てたんや。親とか教師とかに、行け言われてな。学校でその手の問題をちょくちょく起こしてたわけや。つまり普通やないということで”

引用：『女のいない男たち』「イエスタデイ」／村上春樹（文藝春秋）

さらに、木樽の幼馴染で恋人の大学生、栗谷えりかは木樽について谷村にこう言う。

“ちょっと天才肌みたいなところがあって、もともと頭はいいはずなんだけど、性格がどうも勉強に向かないみたい。学校というシステムにうまく馴染めなくて、一人でへんてこなことばかりしている。”

引用：『女のいない男たち』「イエスタデイ」／村上春樹（文藝春秋）

これらの記述は木樽がアスペルガー症候群であることを証明している。アスペルガー症候群とはいわゆる空気を読むや相手の気持ちを読むことが苦手だったり、自分の思いを細かくわかりやすく伝えることが難しかったり、自分の安心したルールや環境に過度に固執しやすいといった特徴がある。

中にはＩＱが１２０を超えるような人も珍しくないといい、木樽の場合も「異様なくらい、完璧すぎる」と言った谷村の発言や、「天才肌みたいなところがあって」という栗谷えりかの発言も説明がつく。

私の知っている発達障害者も、いつでも時間を構わず電話をかけてくる空気が読めない人が一人いるが、一方で記憶力が抜群だったし、もう一人はエリートの国立大を出ているが、コミュニケーションが苦手な人だった。

発達障害は百人に数人の割合で生じる障害で、先天的な特性であり、根本的な治療法はまだないのが実情だ。

木樽はビートルズの「イエスタデイ」に日本語の歌詞を付けて歌っている。

“昨日は／あしたのおとといで／おとといのあしたや”

引用:『女のいない男たち』「イエスタデイ」／村上春樹（文藝春秋）

その歌詞について二人でやりとりがある。

“

「その歌詞って何の意味もないじゃないか」と僕は言った。「『イエスタデイ』という歌をおちょくってるみたいにしか、僕には聞こえないけどな」

「あほ言え。おちょくってなんかいるかい。それに、もしたとえそうやったとしても、ナンセンスはそもそもジョンの好むところやないか。そやろ?」

「『イエスタデイ』を作詞作曲したのはポールだ」

「そやったかいな」

「間違いない」と僕は断言した。

”

引用：『女のいない男たち』「イエスタデイ」／村上春樹（文藝春秋）

この場面は『ノルウェイの森』とその原型の短編『蛍』に登場する突撃隊を彷彿させ、二人の掛け合いが面白い。例えばこのような場面だ。

“

「き、君は何を専攻するの？」と彼は訊ねた。

「演劇」と僕は答えた。

「演劇って芝居やるの？」

「いや、そういうんじゃなくてね。戯曲を読んだりしてさ、研究するわけさ。ラシーヌとかイヨネスコとかシェークスピアとかね」

シェークスピア以外の人は聞いたことないな、と彼は言った。僕だって殆ど聞いたことがない。講義要綱に書いてあっただけだ。

「でもとにかくそういうのが好きなんだね？」と彼は言った。

「別に好きじゃないよ」と僕は言った。

その答えは彼を混乱させた。混乱するとどもりがひどくなった。僕はとても悪いことをしてしまったような気がした。

”

引用：『ノルウェイの森』上巻／村上春樹（講談社文庫）

あるインタビューで『ノルウェイの森』で実在するのは突撃隊だけだと言っていたが、村上は寮で実際に暮らしていたし、突撃隊のモデルは本当にいたのだろう。

『イエスタデイ』の谷村は早稲田大学の二年生という設定になっている。さらに、「僕は生まれも関西だが、ほぼ完璧な標準語(東京の言葉)をしゃべった」という記述がある。これは村上春樹と村上龍の対談本『ウォーク・ドント・ラン』(講談社・絶版)の中で、「ぼくも十八まで関西弁しかしゃべらなかったんで、東京へ出てきてどうなるかと思ったら、三日で完璧にしゃべれるようになった」と重なる部分があり、谷村は村上がモデルと言える。

『ノルウェイの森』の主人公のワタナベが村上春樹の母校、早稲田大学の学生であり、作者自身がモデルだということはワタナベが村上と同じ文学部で演劇を学んでいること、映画『ノルウェイの森』でワタナベ役の松山ケンイチが学生運動のデモに紛れてキャンパス内を移動するシーンが早稲田大学で撮られているということなどからも、今や明白の事実といえるだろう。

谷村は恋人と少し前に別れたという設定になっている。これは『ノルウェイの森』の直子が自殺した後ではないだろうか。つまり、谷村とワタナベは同一人物である可能性が高い。

直子は『風の歌を聴け』で「三番目に寝た女の子」として二十一歳で首つり自殺した女性が登場するし、『1973年のピンボール』では直子という名前が出てきて「直子を愛していたことも。そして彼女がもう死んでしまったことも」と書かれており、村上春樹は同じモチーフの人物を違う小説に何度も登場させるということをかなり行っている作家だ。

突撃隊は『ノルウェイの森』のワタナベが住む学生寮の同居人である。「学校に行くときはいつも学生服を着た。靴も鞄もまっ黒だった」「見るからに右翼学生という格好だった」という彼は国立大学で地理学を専攻する学生だった。

さらに、注目すべきところは突撃隊が吃音症として描かれていることだ。吃音症つまり、どもりは現在では差別語としてマスコミでは使われないが、『ノルウェイの森』では「混乱するとどもりがひどくなった」としっかりと書かれている。

まだ差別語に対する意識が低かったのだろう。

早稲田大学に通う主人公の僕、障害を抱える友人。つまり『ノルウェイの森』と『イエスタデイ』はどちらもビートルズの曲でもあり、二つの作品が対になっていると考えられるのである。障害の知識がなければ「ただ変わった人がいるなあ」で終わってしまうかもしれない。

しかし、村上春樹は障害者というあえてマイノリティーを登場させることで、社会は健常者だけで成り立っているのではないこと、社会の多様性を提示したかったのかもしれない。そのように読む時、『イエスタデイ』は単なる青春小説を超える存在になるだろう。

また、同じ単行本の『独立器官』という短編には作家の谷村という人物が登場する。渡会という整形外科医が女性に振られて、拒食症のような症状になり死ぬというストーリーだ。

「名前や場所は少しずつ変えてあるが、出来事自体はほぼそのとおり、実際にあったことだ」と書かれているように、谷村は『イエスタデイ』の谷村と一緒であり、その何十年後である。つまり、『独立器官』の谷村も村上がモデルであると言えよう。

拒食症は摂食障害という精神疾患の一つである。主に若い女性がダイエットのために食べなくなるというのが多いと思われるが、精神科で治療が必要な病気である。

つまり、村上は谷村という人物を通じて、二人の障害者を登場させたのである。ここまで障害者を登場させる作家は珍しい。我々はこの短編集から何かメッセージを受け取らねばならないだろう。

Ⅲ　『国境の南、太陽の西』…小児まひの島本さん

『国境の南、太陽の西』は『村上春樹全作品１９９０〜２０００』（講談社）二巻の巻末の解題によると、当初は『ねじまき鳥クロニクル』の最初の部分として書かれたが、村上夫人のアドバイスによって切り離したという。つまり『国境の南、太陽の西』の主人公、始《はじめ》と『ねじまき鳥クロニクル』の主人公、岡田トオルはもともと同一人物だったということだ。しかし、これはこの作品を語る上でさほど重要なことではない。

ここで簡単にストーリーを説明する。一人っ子である主人公の「僕」。「僕」の育った一九五〇年当時、一人っ子は珍しい存在で、ほとんどの子供には兄弟姉妹がいた。そんな「僕」が初めて会った一人っ子が、小学校五年生の時に転校して

きた島本さんだった。島本さんとは一度手をつないだだけで、「僕」が引っ越したため中学入学以降だんだん会わなくなった。高校生の時、ガールフレンドになったイズミを「僕」はイズミの従妹と性的な関係になったことで大きく傷つけてしまう。社会人となり、出版社に就職した後、三十歳の時に有紀子と結婚した「僕」は父となり、義父の援助によってジャズ・バーの経営を始める。雑誌に載った「僕」を見て、目の前に再び島本さんが現れる。

小説の冒頭、最初の文章で「僕」の誕生日が示される。「僕が生まれたのは一九五一年の一月四日だ」。ちなみに、村上の誕生日は一九四九年一月一二日である。つまり、村上とは若干違うが、同じ団塊の世代を主人公にしている点、東京の大学に進学している点、一人っ子という点、ジャズ・バーを経営しているという点など村上と共通点は多い。作中にもこんな記述がある。

“僕はよく本を読んだし、音楽を聴いた。もともと本や音楽は好きだったけれど、そのどちらの習慣も、島本さんの交際によって大きく促進され、洗練されることになった。”

引用：『国境の南、太陽の西』／村上春樹（講談社文庫）

これは村上の親が購読していた河出書房の『世界文学全集』と中央公論社の『世界の文学』を一冊一冊読み上げながら十代を過ごしたという逸話に合致する。また、主人公の始は東京の大学で学生運動にも参加する。

“大学での四年間について語るべきことはあまりない。大学に入った最初の年に幾つかのデモに参加し、警官隊とも闘った。大学のストライキを支援し、政治的な集会にも顔を出した（中略）しかし僕はどうしてもそのような政治闘争に心から熱中することができなかった。”

引用：『国境の南、太陽の西』／村上春樹（講談社文庫）

これは『ノルウェイの森』でも語られていることだが、村上は学生運動を一貫して批判的に描いている。さらに、自身のインタビュー集『夢を見るために僕は毎朝目覚めるのです』では、小説を書くことにおいて学生運動の影響があったと語っている。村上も早稲田大学で学生運動の経験があったということだろう。

さらに、村上は大学在学中に東京・国分寺にジャズ喫茶「ピーター・キャット」を開店したのは有名な話だ。その後、千駄ヶ谷に移し、第二作目の『１９７３年のピンボール』を書いた後に専業作家を決意し、店を人に譲っている。つまり、主人公は村上がモデルになっている可能性が高い。

ヒロインの島本さんは小児まひのせいで左脚を軽く引きずっていた。現在では予防接種のために発症率は急減し、一九八一年以降では日本国内でポリオによる小児まひは発生していないという。しかし、作品の舞台である一九五〇年代当時はまだ発症していたのだろう。主人公が村上をモデルとしているのならば、島本さんにもモデルがいるのだろうか。

村上は前出の『村上春樹全作品』巻末の解題でこのように書いている。

“島本さんは実在するのか？　それがこの作品におけるもっとも重要な命題のひとつになるはずだ。（中略）彼女が実在するかどうかというのは、あなたと島本さん（あるいはあなたにとっての島本さん的なるもの）のあいだで決定されるべき個別的な問題なのだ。作品というのはあくまで個別性を浮き彫りにするひとつのテキストにすぎない。”

引用：『村上春樹全作品　1990～2000』第二巻／村上春樹（講談社）

私は、始は村上がモデルであり、島本さんにもモデルがいたと考えている。そうでなければこのような記述は出来ないだろう。

“

彼女は他人の家に遊びに行くことをあまり好まなかったが、それは玄関で靴を脱がなくてはならないからだった。彼女の靴は右と左で少しかたちや底の厚さが違っていて、彼女はそれを他人の目にさらすのが嫌だったのだ。おそらくそれは特別に作られた靴なのだと思う。僕がそれに気づいたのは、彼女が自分の家に帰ると、何よりも先に靴をすぐに下駄箱にしまいこむのを目にしたときだった。

”

引用:『国境の南、太陽の西』/村上春樹(講談社文庫)

これは明らかに見たことがあるものの記述であろう。
ところで、この作品は表面的には、二十四年ぶりに再会した初恋の人とのラブストーリーだが、深読みすると、江戸時代後期の作家、上田秋成の『雨月物語』と関係があるといえよう。実際に前出の巻末の解題で述べている。

“
僕はこの小説を書きながら、ずっと上田秋成の『雨月物語』のことを考えていた。『雨月物語』は大好きな作品だが、（以下略）僕としてはそのような意識と無意識とのあいだの境界が、あるいは覚醒と非覚醒とのあいだの境界が不明確な作品世界を、現代の物語として提出してみたかったのだ。
”

引用：『村上春樹全作品 1990〜2000』第二巻／村上春樹（講談社）

『一冊で分かる村上春樹』（村上春樹を読み解く会著・KADOKAWA）では幽霊と人間の恋愛を描いた『牡丹燈籠』の現代版だと指摘している。ちなみに、『牡丹燈籠』は上田の作品ではなく、江戸時代末期に落語家の三遊亭園朝によって創作されたものだ。

そして、村上の最新作『騎士団長殺し』にも上田秋成が出てくる。主人公の近所に住む資産家の免色という男が『春雨物語』を主人公に教える場面である。

“「それは怪談なのですか?」
「怪異譚と言ったほうが近いでしょう。上田秋成の『春雨物語』という本をお読みなったことがありますか?」と免色は尋ねた。
私は首を振った。「秋成の『雨月物語』はずっと昔に読んだことがあります。しかしその本は読んだことがありません」”

引用:『騎士団長殺し』/村上春樹(新潮社)

村上は読売新聞(二〇一七年四月二日付)のインタビューで、『騎士団長殺し』で上田を引用した経緯についてこう語っている。

“上田秋成の『春雨物語』が出てくるのは、父の葬儀で世話になった住職の京都の寺に、秋成の墓があると聞いて訪れた縁から。物語の容れ物として力を持つのが古典で、引用しない手はない。”

引用:読売新聞(二〇一七年四月二日付)

『騎士団長殺し』では、真夜中に鈴の音を耳にした主人公はその音の元をたどるうち、井戸のような穴を見つける。その穴を開放すると、中には古い仏具のような鈴があった。作中でも言及されるが、これは『春雨物語』に収められている「二世の縁」という話をモチーフに使っている。

家主の日本画家が描いた「騎士団長殺し」という絵を主人公が見つけると、絵画から抜け出したような身長六十センチメートルほどの騎士団長が現れ、イデアを語る。イデアとは言っているが、要するに幽霊みたいなものである。

つまり、村上は上田をモチーフとした作品をこれで二つ書いたということになる。

話を『国境の南、太陽の西』に戻すと、主人公がオーナーを務める青山の高級バーに訪れた青い服の女。彼女は小学校の同級生で初恋の人、島本さんだった。なぜか小児まひの後遺症で不自由だった左足は完治していて、自分がどこに住んでいるかも何をして暮らしているかも明かさない。彼女が帰る時に主人公が外に追っていくと、その姿はすでに消えていた。

結論から言うと、再会した島本さんはイズミの幽霊なのだ。これは『村上春樹イエローページ』(加藤典洋編・荒地出版社)で「島本さんはイズミの幽霊である」と指摘されている。また、福田和也も『村上春樹12の長編小説』(廣済堂出版)で「というよりも島本さんとイズミは同じ人物だと考えていいかもしれない」と書いている。

島本さんは「僕」に会いに来てこう言う。

「四年ほど前に手術をして治したのよ」と島本さんはまるで言い訳するように言った。「完全に治ったとはとても言えないけれど、昔ほどひどくはなくなったわ。大変な手術だったけど、なんとかうまくいったの。いろんな骨を削ったり、継ぎ足したり」

引用：『国境の南、太陽の西』／村上春樹（講談社文庫）

しかし、小児まひは後遺症が残ると完治することは望めなくなるといい、完治した島本さんは理論的にはおかしいということになり、やはり幽霊説が正しいということになる。

主人公が再会した島本さんは生きておらず幽霊である。しかし、全く実体のない幽霊ではなく、空っぽになったイズミに島本さんの幽霊がとりついている状態なのである。主人公が会っている島本さんは現実の島本さんではなく、島本さんの姿（と主人公には見える）をしたイズミで、島本さんの姿をしたイズミと主人公が結ばれることによって、イズミは主人公に復讐する。

『国境の南、太陽の西』はまさに幽霊と人間の恋愛を描いた現代版、上田秋成の作品と言えるのではないだろうか。

Ⅳ 『海辺のカフカ』…三人のマイノリティーが登場

『海辺のカフカ』は村上春樹の小説の中でも稀有な存在である。なぜなら、三人ものマイノリティーが登場するからである。これまでも村上作品の中にはマイノリティーが登場するものがあった。しかし、これまでは一作品にマイノリティーが一人という傾向だったが、本作品では一気に三人も出ているのである。

刊行順に言えば、最初に『ノルウェイの森』で主人公ワタナベの恋人、直子が精神障害者として登場したのが始まりだ。続く、『国境の南、太陽の西』では幼馴染の島本さんが身体障害者として描かれる。また、『スプートニクの恋人』ではＬＧＢＴ（性的少数者）が描かれている。その後も『１Ｑ８４』ではディスレクシア（識字障害）として登場させたりしているが、最新作の『騎士団長殺し』では一人もマイノリティーはいなかった。つまり、『海辺のカフカ』はこれまでの村上のマイノリティー小説の集大成とも言える作品なのである。

　では、三人とは誰か。一人目は主人公の田村カフカである。カフカ少年は解離性同一性障害だと思われる。いわゆる多重人格である。この作品の冒頭に「カラスと呼ばれる少年」というプロローグがあるが、この少年とは実はカフカ少年の別人格なのだ。カフカとはもちろん、チェコの作家、フランツ・カフカをモチーフにしていることは明らかだが、一方で、カフカとはチェコ語でカラスを意味する言葉でもある。つまり、カラスと呼ばれる少年はカフカ少年の別人格であるのだ。

　また、村上作品の主人公は三十代の専門職であることが多い。『ダンス・ダンス・ダンス』のフリーライター・『ねじまき鳥クロニクル』の法律事務所・『1Q84』の予備校講師・『騎士団長殺し』の画家といった具合だ。十代の主人公は『ノルウェイの森』のワタナベトオル、『風の歌を聴け』の僕、そして『海辺のカフカ』の田村カフカなど数少ない。

なぜ少年に設定したのか。いくつかの文芸評論でも指摘されていることだが、カフカ少年は神戸児童殺傷事件の少年Aをモチーフにしていると思われるからである。これは村上が社会にコミットメントし始めた時期とも重なる。かつて、村上は物語創作に入り込み、マスコミを嫌い、社会的な発言はしてこなかった。

しかし、ある事件で状況が変わった。それは一九九五年のオウム真理教による地下鉄サリン事件である。翌年に村上はサリン事件被害者をインタビューしている。その翌年、一九九七年三月に初のノンフィクションである『アンダーグラウンド』を発表した。内容的には「裏取りもなく、ただのインタビューの垂れ流しに過ぎない」という批判もあったが、とりあえずは村上が社会へコミットメントした作品として評価されるべきであろう。

『アンダーグラウンド』発表の同じ年の五月に、神戸須磨区でサカキバラ事件が起こった。村上は神戸高校に通っていた。地元で少年による凶悪事件が起こったのだから、相当ショックだったのだろう。二〇〇二年に『海辺のカフカ』が発表されることになるわけだが、これは十五歳の少年を主人公に設定していることから（サカキバラ事件の実行犯は十四歳）、村上自身の社会へのコミットメントとして見ることができるだろう。
『海辺のカフカ』の冒頭、カラスと呼ばれる少年という章では、カフカ少年とカラスと呼ばれる少年が会話をしているが、これはカフカ少年が多重人格であることを示しているといえよう。また、カフカ少年の暴力性も描かれている。
ある晩、Ｔシャツが血に汚れた状態で、四国の神社の境内で目覚めるという謎の事態が起こる。文中にはこう書かれている。

“

Ｔシャツの上にはおっていたダンガリーシャツにも血は飛び散っているが、それは大した量ではないし、生地ももともと色が深いブルーだから、血のあとはそんなに目立たない。しかし、白いＴシャツについた血はひどく鮮やかで生々しい。

”

引用：『海辺のカフカ』／村上春樹（新潮文庫）

一方で、東京・中野在住のナカタ老人は、猫を殺して魂を集めているというジョニー・ウォーカー（カフカ少年の父）を殺す。これはナカタ老人が殺したのだが、のちにナカタ老人に血が全くついていなかったことからも分かるように、カフカ少年はナカタ老人の魂を遠い高松から動かして、殺害を代行させたと考えられるだろう。

つまり、カフカ少年の暴力性はサカキバラ事件の少年Aにつながる暴力性である。カフカ少年は父親から「おまえはいつか父親を殺し、母親と姉と交わる」という呪いをかけられていた。これはエディプス・コンプレックスであり、これが実現したことになる。

さらに、サカキバラ事件の少年Aは二〇一五年六月に手記『絶歌』を出版している。この本の中で、少年Aは猫を殺して興奮したという記述があり、異常性を告白している。

カフカ少年の父はジョニー・ウォーカーとして猫を殺していた。これは少年Aとリンクするところがあり、村上は意識的に書いていただろう。

さらに、カフカ少年、少年Ａとかかわりが深いアニメがある。『新世紀エヴァンゲリオン』である。エヴァンゲリオンは、近未来を舞台に十四歳の少年少女がロボットを操縦し、正体不明の敵と戦うというストーリーだが、その少年少女は周りとコミュニケーションが取れないものとして描かれている。主人公の碇シンジも父親とコミュニケーションが取れず、憎んでいるという設定である。

一九九六年三月にテレビ東京系列での放送が終了。一九九七年七月に劇場版が公開されたが、その公開前にテレビ東京の深夜帯で再放送されている。この年、エヴァンゲリオンは爆発的にヒットし、社会現象にまでなった。

サカキバラ事件は一九九七年五月で、エヴァンゲリオンの再放送が七月である。つまり、時期が近かったのであり、実際メディアでも少年の心の闇として関連づけて報道もされた。エヴァンゲリオンのシンジは父親を憎んでいるが、これはカフカ少年とも重なっている。

のちに村上は、『１Ｑ８４』でふかえりという美少女を登場させているが、片言の話し方などからエヴァンゲリオンのヒロイン、綾波レイをモデルにしている可能性が高いといえよう。

エヴァンゲリオンの監督である庵野秀明は当時のブームについて、少年の心の闇を描いたアニメがこれだけヒットするのは世の中がおかしいという趣旨の発言をしていた。つまり、世紀末の日本は地下鉄サリン事件、サカキバラ事件、エヴァンゲリオンブームと、ある意味で異常な出来事が続いた時期でもあった。

前述したように、カフカ少年はカラスと呼ばれる少年という別人格を持つ多重人格として描かれている。多重人格を扱った本では一九九二年に発表された『24人のビリー・ミリガン』があまりにも有名だ。米国作家・ダニエル・キイスのノンフィクションでベストセラーになった。本人への数百回に及ぶインタビューで書いたノンフィクションである。多重人格はトラウマが原因とされ、幼児期の性的虐待などが関連していると言われている。

いずれにしても、村上はサカキバラ事件とエヴァンゲリオンをモチーフに、カフカ少年のキャラクターを作り上げたのではないだろうか。

次に、ナカタ老人について書きたい。ナカタ老人は子供の頃の原因不明の事故により知的障害になってしまい、現在は生活保護を受けている。ナカタ老人は「ナカタはあまり頭がよくないのです」とよく自分で発言しているが、これは知的障害者に対する差別になりかねないであろう。

私の知人にも二十代の知的障害者がいる。彼は掛け算や割り算の暗算が苦手だが、会話やメールは普通にできる。村上は「頭が悪いので」というフレーズを多用しているが、これは問題があるのではないだろうか。

知的障害者を描いた作品は少ないが、小説ではこれまたダニエル・キイスの『アルジャーノンに花束を』が有名である。二〇一五年に人気脚本家の野島伸司を起用し、ＴＢＳでドラマ化された。主演にジャニーズタレントを起用したので、ドラマは若者層にも認知されているだろう。野島伸司は過去にも知的障害者を扱ったドラマの『聖者の行進』で脚本を書いている。

『アルジャーノンに花束を』は脳手術でＩＱが飛躍的に上がるというＳＦだが、知的障害者は無垢で純粋というイメージを植え付けている。野島もタイトルに「聖者」とつけているように、美化していると言える。私は先ほど村上の表現は問題があると書いたが、障害者を美化するというステレオタイプな表現よりも、村上のような清濁併せ呑むという表現の方がより現実味があるのかもしれない。最後に、『海辺のカフカ』に登場する高松の図書館で働く大島さんについて考えたい。大島さんは女性として生まれたが、男性として生活する性的マイノリティーである。

“「でも身体の仕組みこそ女性だけで、僕の意識は完全に男性です」と大島さんはつづける。「僕は精神的には一人の男性として生きています」”

引用：『海辺のカフカ』／村上春樹（新潮文庫）

テレビでは女装タレントがバラエティーをにぎわしている時代である。ＬＧＢＴという言葉が浸透するようになって、ゲイやバイセクシャルをカミングアウトする人も増えたかもしれない。今から二十年近く前にLGBTを取り上げた村上は先見の明があると言える。

しかし、小説にゲイを登場させてベストセラーになったのは、よしもとばなながが最初かもしれない。一九八八年のデビュー作『キッチン』にはバーを経営するゲイが登場する。主人公の友人の父親である。当時では斬新な設定であったと言えよう。

私の知人にも新宿二丁目で働くバイセクシャルの男性がいた。専門学校を卒業したが、就職できずフリーターをしていたのだが、看板広告で仕事を知り、ゲイに体を売るボーイの仕事を始めたのである。美男子ではないが、細身の体が評判になったようだ。休日には私と食事に行ったり、女性にも興味があったりしたので、完全なゲイではなかったようだ。

ゲイやバイセクシャルは単なる趣味の問題ではなく、性同一性障害という疾患である。しかし、異質の排除という日本の国民性からして、依然として、差別や偏見が多いと思われる。

カフカ少年・ナカタ老人・大島さん。三人のマイノリティーが登場する『海辺のカフカ』は細々と生きる少数派に光を当て、多様な価値観を提示することに成功していると言えるのではないだろうか。

V　『1Q84』…カルトとディスレクシア

『1Q84』は二〇〇九年にBOOK1、BOOK2が同時発売され、一年後にBOOK3が発売された。これは『ねじまき鳥クロニクル』と同様である。二〇一七年発行の『騎士団長殺し』は第二部まで出たものの、最後は妻と復縁しているほか、ある程度完結していることから、第三部はないという見方が強い。

また、『1Q84』は別々の登場人物の章が順番に展開される形式になっており、これは『世界の終りとハードボイルド・ワンダーランド』や『海辺のカフカ』と同様の形である。

この物語は、幼なじみの青豆と天吾が成人してから再会し、最後は肉体関係を持って終わるというものだが、私は中でもカルトとディスレクシアに注目したい。

スポーツインストラクターで、裏の顔は暗殺者でもある青豆が殺害の指定を受けたのは宗教団体さきがけのリーダーだった。このリーダーは巨漢で視覚障害者という設定であり、オウム真理教の元教祖、麻原彰晃（松本智津夫死刑囚）がモデルというのは明らかだろう。

小説のストーリーでは、さきがけのリーダーは少女たちをレイプしていた。その中には自分の娘もいた。さきがけのリーダーは青豆に「自分を殺してほしい」と頼み、青豆はリーダーをアイスピックで殺害する。

一九九五年に地下鉄サリン事件が起こり、村上は翌年にサリン事件被害者にインタビューしている。一九九七年にはノンフィクション『アンダーグラウンド』を発表、一九九八年にオウム真理教信者をインタビューした『約束された場所で』を発表している。

つまり、村上はオウム真理教を扱った本を二冊も出しており、新興宗教やカルトについて一定以上の知識があるといえる。『１Ｑ８４』でその知識とストーリー展開を思う存分に発揮した形だ。

ところで、大学院卒の一般的には優秀とされる若者がなぜ麻原のような人物に取り込まれてしまったのか。一つには例の空中浮遊の写真にその要因があるだろう。超能力や超常現象がマスコミで騒がれていた時代である。この写真はのちに合成だったと判明したのは有名な話だ。麻原はそれだけ狡猾だったということだ。一説には、麻原は代々木ゼミナールの浪人時代、東大を目指していたというから、学力レベルは低くないのだろう。

サリン事件があった一九九五年に発行された評論家の小浜逸郎の『オウムと全共闘』（草思社）にはこう書かれている。

“青年があるいかがわしい「カリスマ」的像や、ち密に検証されたわけではない「超越的観念」に意外とたやすくイカれるものだということは、苦い感覚とともに認めざるをえない。

この場合知的に優秀であることは、その抑制条件になるどころか、むしろ促進条件になると考えたほうがいい。なぜならば、知的に卓越している人間は、実存的に孤独な条件下におかれていることが多く、現実から遊離した虚空の方向に自分の生を決定づけて行きやすい傾向をもつからである。

かれらは、世俗の感覚世界に制約されない「理念」「原理」「観念」を求めようとする。可視的なものに着地せず、上昇とひろがりの可能性を予感させる雰囲気をもつものに強く引きつけられるのである。”

引用：『オウムと全共闘』／小浜逸郎（草思社）

つまり、いわゆる学歴や学校歴が高い人ほど、カルトやあやしい宗教にはまりやすいというのだ。著者の小浜は全共闘世代であり、自身も大学闘争の経験がある。その意味で小浜の発言は重い。全共闘運動も東大のエリートたちが安田講堂で警察に火炎瓶を投げつけていたのだから、妄信的な側面もあったのだろう。

一方で、オウムには精神疾患や障害者などの社会的弱者も多くいたといわれている。他の新興宗教と同じように、そういった人たちの受け皿にもなっていたのだろう。

二〇一九年三月二〇日で、地下鉄サリン事件から二十四年が経過した。私は当時、東京の大学生だったが、春休み中で車の合宿免許のため、静岡県で三週間過ごしていたので助かった。私はまず地下鉄は乗らなかったが、当時のつき合っていた女性の兄が法政大学の学生で地下鉄を利用していたから心配だった。

静岡の寮ではテレビもなく、情報が少なかった。スポーツ紙しかなく、紙面にはオウムが細菌兵器も作っていたと報じていた。しかし、これは後で間違った情報だと分かった。

ここで『１Ｑ８４』の全体のあらすじを紹介する。三冊分の長編である。青豆と天吾の二人の異なる物語が交互に展開される。まず、一九八四年の世界から始まる。タクシーで渋谷に向かっている青豆。しかし、高速道路の渋滞で車が動かなくなってしまう。このままだと約束の任務を果たせない。青豆はやむなく、非常階段を使って高速道路の下に降りることを決める。しかし、そこにあったのは今までの世界と少し異なる歴史を持つ『１Ｑ８４』の世界だった。

一方、天吾は小説家志望の予備校講師。ある日、知り合いの編集者に少女の書いた粗削りの小説を書き直し、それを少女のものとして世に出したいと持ちかけられる。モラルに反する行為とは知りながらも少女の小説の世界に魅了され、小説の手直しを始める天吾。小説はベストセラーになる。その後、青豆は天吾の子を妊娠していることに気付く。二人は再会し、ホテルで互いに体を確かめ合う。

その少女とはさきがけのリーダーの娘だった。ふかえりであり、小説『空気さなぎ』の作者である。ふかえりはディスレクシア（識字障害）という障害があり、少し変わった話し方をするという設定だ。「空気さなぎ」はふかえりが語り、友人のアザミが文字にしたのである。

ふかえりの会話はこう書かれている。

“

「戎野先生は君がここに来ていることを知っているの？」と天吾は聞いた。ふかえりは首を振った。先生は知らない。

「教えるつもりはないの？」

ふかえりは首を振った。「れんらくをとることはできない」

「連絡をとることは危険だから？」

「でんわは聞かれているかもしれない、ユウビンもとどかないかもしれない」

”

引用：『１Ｑ８４』／村上春樹（新潮文庫）

ひらがなとカタカナ表記にすることによって、片言で話す口調を表現している。

ディスレクシアとは識字障害とも言い、知能能力や学習能力に特に異常がないにもかかわらず、書かれた文章を読むことができない、読むことができる人もその意味が分からない状態をいう。

学習障害の一種であり、難読症とも言う。現在は特に英語圏での問題となっており、アメリカは人口のおよそ一割がディスレクシアを抱えているという報告がある。言語によって現れ方が異なることが指摘され、文字がほぼ発音通りに綴られるイタリア語では英語やフランス語より見られにくいという指摘がある。日本語におけるディスレクシアの多くはこのような音韻に関係したものとは異なるタイプとみられ、英語教育の普及により、今後多くなるのではないかと言われている。

この障害を持つ多くの人は大学などのいわゆる高等教育を受けているケースが多い。はっきりした原因は究明されていないが、これらの人は映像、立体の認識に優れていると言われ、工学関係や技術分野で注目すべき才能を発揮している人も多い。

ディスレクシアを公表している著名人には、俳優のトム・クルーズ、アニメ王のウォルト・ディズニー、作家のジョン・アーヴィングなどがおり、スウェーデン国王のカール十六世グスタフもそうであったと伝えられている。ジョン・アーヴィングは村上が翻訳している作家だが、実は村上自身もディスレクシアの可能性を指摘されているほか、自身でも学習障害の傾向を書籍で告白しているのである。

英語塾講師の成田あゆみがネット上で、村上をディスレクシアではないかと書いている。成田はディスレクシア対象の塾を主宰しており、村上の直筆の字を見て、勢いのなさや字形がとれていない点からそれと確信したという。

また、前出の『村上さんのところコンプリート版』で、村上は自身の学習障害の傾向を認めている。つまり、自身のその傾向があるため、『1Q84』でディスレクシアのキャラクターを登場させたのだと考えられる。日本ではほとんど知られていなかった障害だが、問題提起の意味も含めて村上はあえて書いたのだろう。

村上はアメリカの大学で教鞭をとっていた経験がある。成田は、その時にディスレクシアの存在を知ったのではないかと推測している。

ふかえりは十七歳の設定で美少女である。これはアニメの『新世紀エヴァンゲリオン』のヒロイン、綾波レイが十四歳で美少女キャラであるという設定に重なる。綾波レイはクローン人間であり、片言の話し方をする。これは『海辺のカフカ』論でも触れたが、カフカ少年はエヴァンゲリオンの主人公、碇シンジをイメージさせる。村上は『エヴァンゲリオン』に興味があるのではないか。そう思わせるキャラクター設定である。

一方、天吾は小説家志望であり、「空気さなぎ」をリライトする。「空気さなぎ」は新人賞を取り、ベストセラーになる。芥川賞を目指すが、結局取れない。これは村上が『風の歌を聴け』『１９７３年のピンボール』で二度芥川賞候補になりながらも取れなかったことに関係するだろう。芥川賞を取れなくともベストセラー作家となり、今やノーベル賞に近い人物にまでなったのだから、天吾がゴーストライターをして新人賞を取るという設定は、文壇システムへの異議申し立てと見ることもできる。登場する担当編集者の小松は、中央公論にいた故安原顕がモデルだと言われている。ヤスケンと言えば、自称天才編集者で、村上やよしもとばななを担当したことで知られる。書評の本を沢山出版した。

ところで、『１Ｑ８４』は三人称で書かれており、村上の総合小説への挑戦だと考えられる。以前、インタビューで、ドストエフスキーの『カラマーゾフの兄弟』のような小説を書きたいと答えていたが、『１Ｑ８４』はその回答ではないだろうか。村上と同世代の三田誠広も書いていたが、十九世紀の小説はドストエフスキーが頂点だった。

村上も初期の頃は「僕」という一人称しか書けなかった。『世界の終りとハードボイルド・ワンダーランド』で二つの世界を書き分け、『海辺のカフカ』でナカタさんの章を書いたあたりから変貌してきた。『１Ｑ８４』での挑戦は成功していると言えるだろう。最も完成度が高い小説だと考えている。

おわりに―差別と実存について

この項で少し補足を書いておきたい。村上作品のマイノリティーに関しては、『スプートニクの恋人』がレズビアンを取り上げているし、『ねじまき鳥クロニクル』『1Q84』に登場する牛河は厳密には同一人物ではないが、どちらも容姿が醜い設定となっており、ハンセン病を意識して書いたのではないかと私は考えている。

今でこそLGBTは同性婚など市民権を得つつあるが、レズビアンはまだ偏見があるだろうし、以前は、らい病と呼ばれたハンセン病患者も一般社会とは隔離されてきた存在である。

『スプートニクの恋人』では、小学校の教師である主人公の「ぼく」の友人のすみれがレズビアンであり、十七歳年上の既婚女性に一目ぼれするという設定である。

のちに、『海辺のカフカ』で性同一性障害の大島さんを登場させるが、すみれはその三年前に登場させたＬＧＢＴである。おそらく初めてだろう。現代で言えば、評論家の勝間和代氏が女性との同棲関係をカミングアウトして話題になったが、『スプートニクの恋人』が出版された一九九九年当時、同性愛者は市民権を得ていなかっただろう。

次に、牛河だが『ねじまき鳥クロニクル』では国会議員秘書。頭は剥げていて、歯はガタガタである。『１Ｑ８４』では元弁護士という設定であり、容姿は醜いと書いてある。『１Ｑ８４』では青豆を探る役で、どちらも裏の仕事を任されているという点が共通している。

『１Ｑ８４』が発売された時のパンフレットには俳優のハルキストが「また牛河さんが登場していて嬉しい」というコメントを載せていた。読者は多かれ少なかれ、イメージを重ねて読んでいるであろう。

私は差別的な意味ではなく、牛河はハンセン病患者のイメージで書かれていると分析している。ハンセン病の文学作品で有名なところでは、松本清張の『砂の器』だ。主人公の父がハンセン病のため追われる。最近では故樹木希林主演の映画『あん』がハンセン病をテーマにしていた。こうして見ると、文芸作品でもいくつかテーマにされていることが分かる。機会があれば、また『スプートニクの恋人』と牛河について、じっくりと論考してみたいと思っている。

ちなみに、二〇一九年六月に『村上春樹精神の病と癒し』という本が出版された。著者は韓国人で、静岡大学教授の南富鎭。南は『ノルウェイの森』について、直子は精神病院の入院が決まり、一時的に荷物整理に戻った後に森の中で自殺したと指摘している。直子の病気は統合失調症ではないかと分析している。ある意味では私の評論と似たような切り口の本が出版されたということであり、私の見立ては正しかったということになる。

さらに、『日本文学の中の障害者像』（明石書店・花田春兆編著）の中で、『ノルウェイの森』について、著者の堀沢繁治はこう書いている。

> “
> **村上さんは病んだ精神を描き出そうとしているのではない。ご自身、米国の一九二〇年代の作家、F・S・フィッツジェラルドから影響を受け、その妻ゼルダが精神を病んでいく姿を「直子」像に写しているだけのことで、（中略）**
> ”

引用：『日本文学の中の障害者像』／堀沢繁治（明石書店・花田春兆編著）

これは全く新しい視点であり、一般的な文芸評論では見られなかった指摘である。これは堀沢がプロの書き手ではなく、重度の脳性マヒ者として寄稿していることが関連しているかもしれない。つまり、障害者による障害者論である。

やはり、村上文学には「直子」が常に付きまとう。実際に、直子は『風の歌を聴け』や『１９７３年のピンボール』にも出てくるし、村上春樹の評論にも必ずと言ってもいいほど言及されている。高橋源一郎のベストセラー『一億三千万人のための小説教室』(岩波新書)では、直子と言えば『ノルウェイの森』だと書かれている。映画では菊池凛子が不思議なオーラを醸し出して、うまく演じた。やはり、直子は村上春樹の読者から愛される存在であり、自殺をしてしまうある意味では最もロマンティックなヒロインと言えるであろう。

一つ反省点がある。それは今回の論考でモデル説に固執してしまったことだ。片岡豊先生にも「文学の本質から遠ざかってしまう」と指摘されたし、お世話になっている児童文学作家の佐々木赫子先生からは「作家は人をだまくらかすんです。詐欺師と一緒です」と言われたことがあった。村上春樹も実体験ではなく、想像で書いた箇所の方が多いであろう。しかし、今回はこれが私の限界だった。次回、文芸評論を出す機会があったら、バージョンアップして登場したいと思っている。

また、次回は単なるファンではなく、批判的な視点も忘れないようにしたい。総じて、村上春樹論はファンの人たちが書いていることが多いように思う。黒古一夫や小谷野敦、平野瑞穂は少数派の存在であろう。貴重な論客である。

最後にまとめとして、少し書きたい。先ほど、私は村上がマイノリティーを登場させることで、多様な価値観を提示することに成功していると述べた。人間には差別意識がある。それは障害者に対しても、マイノリティーに対しても、である。『週刊金曜日』（二〇一九年六・一四号）を見ると、女装姿の男が秋田県警のホームページに不審者情報として載せられたという記事が載っていた。異性装自体は犯罪ではないだろう。明らかに差別と偏見である。

今から約二十年前に小林よしのりの『ゴーマニズム宣言』の部落差別を扱った連載で、小林は「部落差別はなくなっても、人々はまた差別を作り出すだろう」と書いていた。つまり、社会システムとして差別が必要悪なのだと主張していた。その意見には賛成しかねるが、士農工商の身分制度など歴史的に権力側が利用してきたことは否めないであろう。

現代人は不安や孤独感を感じているのではないだろうか。それは逆説的にいえば、自由を与えられているからであり、あらかじめ決められている方が気楽な面もあるからである。新幹線の自由席と指定席を考えればよく分かるが、指定席の方が安定している。

フランスの哲学者、サルトルはこの状態を「自由の刑に処せされている」と表現している。いわゆる実存主義である。不安だからこそ、人を見下して自分の地位を高め、優越感に浸るしかないのである。

われわれは常に「実存」を生きているのであり、文学はその人生の方向性を見つけ出す処方箋なのかもしれない。村上はマイノリティーの提示によって、読者に「実存」として生きざるをえない運命を突き付けたといえるのではないだろうか。

あとがき

こうして「あとがき」を書いていると、大学時代の風呂なしアパートで文庫本をせっせと読んでいたことを思い出す。当時は世間知らずでたいした考えもなく、石原慎太郎や大江健三郎のように大学在学中に作家デビューだなどと勝手にイメージを膨らませていた。週一冊は最低読むというノルマを決め、アルバイト代で買った文庫本を読むのが唯一の楽しみだった。その後ジャーナリスト専門学校の講師でノンフィクション作家の方に、「文章力は読書量に比例する」と言われたことがあるが、私の場合、大学時代の二百冊余りの読書が現在の文章力に繋がったと思っている。何よりもファンだった村上春樹の文芸評論を出せたというのは感慨が大きい。私は大学をやむなく中退しているので、卒業論文は書いていない。

これが私の卒業論文であるとでも言えるだろうか。今回の単行本の原稿は月刊「公評」で連載したものがベースとなっている。「公評」との繋がりはもともと、ジャーナリスト専門学校の文学賞で、ルポルタージュ部門の佳作を獲ったことから始まったものだ。

ルポルタージュはとさつ場の見学記で、部落問題に切り込んだ作品だった。選考委員のジャーナリストの猪野健治先生から評価していただき、編集部を紹介していただいたのがきっかけだった。

その後、帰省し、編集部と連絡は取っていなかったのだが、急に思い出し、昔書いたバックナンバーが欲しいと編集部に電話をしたところ、当時の編集者の斎藤眞理子氏がまだ在籍しておられて、私のことを覚えて下さっていた。そこから話が進み、連載へとつながったのだった。

私は大学教授でもないし、文芸評論家でもない。単なる地方在住のフリーライターである。

これまで小説やエッセイ、ルポは書いたことがあったが、この春樹論が初めて書いた文芸評論であった。評論は読むのは好きであったし、昔から分析したり、熟考したりするのが好きだった。そういう気質がこの本を書かせた要因かもしれない。

こうして見ると、私は二十代前半の専門学校時代から一貫して差別をテーマに執筆してきたという感がある。専門学校でのルポルタージュでは部落差別を書いたほか、在日コリアンやアイヌ民族、ホームレス問題なども調査した。その後は仕事で忙しく、長らく執筆からは離れていたが、今回マイノリティー論を出版することとなった。

単行本化に関しては、最初、企画のたまご屋さんに持ち込んだ。企画のたまご屋さんでは、飯田みか氏に企画を採用していただき、原稿をチェックしていただいた。企画は残念ながら流れたが、今度はアメージング出版の千葉慎也代表に採用していただいた。共同出版という形であり、純粋な商業出版ではないが、全国書店配本という夢が叶い、嬉しい限りである。

まさに、二〇一九年は私の人生にとって、エポックメイキングな年になった。

片岡豊氏には推薦文を書いていただいた。また、巻末の年表は友人の岩崎徹氏に作成してもらった。校正ではフェイスブック友達の新海大樹さんと、張守基さんにアドバイスをいただいた。

こうして見ると、私は人との出会いに恵まれていると思う。みなさんのおかげでこの一冊ができあがりました。ありがとうございます。人生が終わるまでにあと何冊本が出せるであろうか。私の挑戦は続く。

二〇一九年六月

梅雨の時、自宅の書斎にて

梅川康輝

初出「公評」二〇一七年十二月号〜二〇一八年九月号

村上春樹に纏わる年表

村上春樹作品	主な村上春樹論	年	年齢	村上春樹の足跡	主な出来事
		1949	0歳	1月12日、京都市で誕生	中華人民共和国樹立
		1951	2歳		湯川秀樹ノーベル物理学賞受賞
					ソビエトの人工衛星
		1951	2歳	兵庫県西宮市、後に芦屋市に転居	「スプートニク1号」打ち上げ成功
					アメリカで「キャッチャー・イン・ザ・ライ」出版

1961	12歳	兵庫県芦屋市立精進中学校入学	ベルリンの壁ができる
1964	15歳	兵庫県立神戸高等学校入学	東京オリンピック開幕
1966	17歳		ビートルズ来日公演
1968	19歳	早稲田大学第一文学部演劇科入学	川端康成ノーベル文学賞受賞
		目白学生寮に入るが、半年で練馬の下宿に転居	メキシコシティオリンピック開幕
			三億円事件

1969			1070		1971
20歳			21歳		22歳
三鷹のアパートに転居					学生結婚し、妻の実家（文京区千石）に同居
東大安田講堂事件	アポロ11号月面着陸	大阪万博開催	よど号ハイジャック事件	三島由紀夫が自殺	マクドナルド第一号店が銀座三越にオープン

1972					1974
23歳					25歳
『羊をめぐる冒険』で第4回野間文芸新人賞					都内の妻の家を出て、国分寺に転居。国分寺市にジャズ喫茶
札幌冬季オリンピック開幕	浅間山荘事件	沖縄日本復帰	ミュンヘンオリンピック開幕	日中国交正常化	長嶋茂雄現役引退

				「ピーター・キャット」を開店	
		1975	26歳	早稲田大学第一文学部演劇科卒業	ベトナム戦争終結
					沖縄海洋博覧会
		1977	28歳	「ピーター・キャット」を渋谷区千駄ケ谷に移転	王貞治がホームラン世界記録樹立（756号）
		1978	29歳	小説を書き始める	日中平和友好条約調印
					東京ヤクルトスワローズが初の日本一

		1979	30歳	「風の歌を聞け」で第22回群像新人文学賞	イラン革命 ソニー「ウォークマン」発売 ソ連のアフガニスタン侵攻 共通一次学力試験導入 国際人権規約を批准
		1980	31歳		モスクワオリンピックに日本不参加

					『偉大なるデスリフ』
	1981				
	32歳				
	店を譲渡し専業作家となり千葉県船橋市へ転居	映画『風の歌を聴け』公開			
ジョンレノン暗殺	ダイアナ妃とチャールズ皇太子結婚				

『急行「北極号」』					
『羊をめぐる冒険』		1982	33歳	『羊をめぐる冒険』で第4回野間文芸新人賞	フォークランド紛争
『中国行きのスロウ・ボート』		1983	34歳	初マラソンでホノルルマラソンを完走	NHK朝の連続テレビ小説「おしん」放映
『僕が電話をかけている場所』					
『カンガルー日和』					
『象工場のハッピーエンド』					

『波の絵、波の話』 『螢・納屋を焼く・その他の短編』 『村上朝日堂』		1984	35歳	アメリカ旅行	ロサンゼルスオリンピック開幕
『世界の終りとハードボイルド・ワンダーランド』 『夜になると鮭は…』 『西風号の遭難』	『國文学』三月号「特集・中上健次と村上春樹―都市と反都市」	1985	36歳	『世界の終わりとハードボイルド・ワンダーランド』で第21回谷崎潤一郎賞	日本航空機の御巣鷹山に墜落 つくば科学万博 男女雇用機会均等法公布

『回転木馬のデッド・ヒート』					
『羊男のクリスマス』					
『映画をめぐる冒険』					
『パン屋の再襲撃』	鈴村和成『未だ／既に―村上春樹と「ハードボイルド・ワンダーランド」』洋泉社	1986	37歳	イタリア・ローマ・ギリシャ・スペッツェス島、ミコノス島に滞在	チェルノブイリ原子力発電所事故
『熊を放つ』					
『村上朝日堂の逆襲』					

『村上朝日堂ランゲルハンス島の午後』	高橋丁未子『羊のレストラン―村上春樹の食卓』CBS・ソニー出版				
	村上龍ほか『村上春樹』青銅社				
『THE SCRAP、懐かしの1980年代』	鈴村和成『テレフォン―村上春樹、デリダ、康成、ブルースト』洋泉社	1987	38歳	イタリア・シシリーローマに滞在	ニューヨーク株式市場大暴落（ブラックマンデー）
『日出る国の工場』					
『ワールズ・エンド（世界の果て）』					大韓航空機爆破事件
『ノルウェイの森』					国鉄分割民営化

『偉大なるデスリフ』					
『急行「北極号」』					
『おじいさんの思いで』	『國文学』八月号「村上春樹の幻想宇宙」	1988	39歳	ローマ・ロンドンに滞在	レーモンド・カーヴァー死去（50歳）
『ザ・スコット・フィッツジェラルド・ブック』				日本に一時帰国	ソウルオリンピック開幕
				ギリシャ、トルコを旅行	
『and other stories とっておきのアメリカ小説12編』				ローマに滞在	

				『ノルウェイの森』で第23回新風賞	
『ダンス・ダンス・ダンス』					
『ささやかだけれど、役に立つこと』	黒古一夫『村上春樹―ザ・ロスト・ワールド』六興出版	1989	40歳	ローマに滞在	昭和天皇崩御
『村上朝日堂　はいほー』				ギリシャ・ロードス島	ベルリンの壁崩壊
『名前のない人』	○『ユリイカ』六月臨時増刊号「総特集・村上春樹の世界」			オーストリア旅行	坂本弁護士一家失踪事件
『ニュークリア・エイジ』				ローマに滞在後、日本に帰国	消費税3％導入

		『あるクリスマス』			
1990	41歳	『TVピープル』『大聖堂』	今井清人『村上春樹―OFFの感覚』国研出版		東西ドイツの統一
		『村上春樹全作品1979―1989①』			今上天皇即位の礼
			黒古一夫『村上春樹と同時代の文学』河合出版		大学入試センター試験導入
		『遠い太鼓』			
		『PAPARAZZI』	高橋丁未子『ハルキの国の人々』CBS・ソニー出版		

『村上春樹全作品１９７９－１９８９②』	深海遥『村上春樹の歌』青弓社				
『雨天炎天』					
『愛について語るときに我々が語ること』					
『村上春樹全作品１９７９－１９８９③』					
『本当の戦争の話をしよう』					
『クリスマスの思い出』					

『村上春樹全作品1979―1989④』					
『ハリス・バーディックの謎』					
『村上春樹全作品1979―1989⑤』	笠井潔・加藤典洋・竹田青嗣『村上春樹をめぐる冒険―対話篇』河出書房新社	1991	42歳	アメリカ・ニュージャージー州プリンストンへ転居	湾岸戦争勃発
『頼むから静かにしてくれ』					ソビエト社会主義共和国連邦崩壊
『村上春樹全作品1979―1989⑥』				プリンストン大学にビジッティング・スカラーとして在籍	共和国連邦崩壊
『村上春樹全作品1979―1989⑦』	千石英世『アイロンをかける青年―村上春樹とアメリカ』彩流社				バブル経済の崩壊

『村上春樹全作品1979－1989⑧』					
『白鳥湖』	久居つばき・くわ正人『象が平原に還った日―キーワードで読む村上春樹』新潮社				
	村上啓二『ノルウェイの森を通り抜けて』JICC出版局				
	横尾和博『村上春樹とドストエースキイ』近代文芸社				
	『文學界』四月臨時増刊号「村上春樹ブック」				
『ファイアズ（炎）』	横尾和博『村上春樹の二元的世界』鳥影社	1992	43歳	プリンストン大学ビジッティング・レクチャラーとなる	バルセロナオリンピック開幕

『国境の南、太陽の西』				メキシコへ旅行	国際平和維持活動協力法（ＰＫＯ）成立
『空飛び猫』	黒古一夫『村上春樹―ザ・ロスト・ワールド』増補版、第三書館	1993	44歳	マサチューセッツ州ケンブリッジに転居	サッカーＪリーグ開幕
『魔法のホウキ』					欧州連合（ＥＵ）発足
『帰ってきた空飛び猫』	『広告批評』二月号「村上春樹に対する一八の質問」				
『Sudden Fiction 超短編小説70』	鈴村和成『村上春樹クロニクル―1983―1995』洋泉社	1994	45歳	モンゴル・ノモンハンへ取材旅行	松本サリン事件
『やがて哀しき外国語』					大江健三郎ノーベル文学賞受賞

『象／滝への新しい小径』	久居つばき『ねじまき鳥の探し方―村上春樹の種あかし』太田出版				
『ねじまき鳥クロニクル第１部、第２部』	横尾和博『村上春樹×九〇年代―再生の根拠』第三書館				小選挙区比例代表並立制導入
『まさ夢いちじく』					
『カヴァー・カントリー』					
『使いみちのない風景』					
『ＣＡＶＥＲ`Ｓ ＤＯＺＥＮ レイモンド・カーヴァー傑作選』					

『村上朝日堂超短編小説 夜のくもざる』		『ねじまき鳥クロニクル第3部』			『さよならバードランド あるジャズ・ミュージシャンの回想』
『國文学』三月号、「特集・中上健次と村上春樹―都市と反都市」		『國文学』三月号、「村上春樹 予知する文学」	『ダ・ヴィンチ』五月号、「村上春樹解体全書」	『ダ・ヴィンチ』九月号「百人書評『ノルウェイの森』」	○加藤典洋編『村上春樹―イエローページ作品別（1979―1996）』荒地出版社
1995					1996
46歳					47歳
アメリカ大陸横断、ハワイ旅行	日本に帰国	芦屋市と神戸市で自作朗読会開催	河合隼雄氏と対談	『ねじまき鳥クロニクル』で第47回読売文学賞	地下鉄サリン事件の被害者62人にインタビューを実施
阪神・淡路大震災	地下鉄サリン事件				アトランタオリンピック開催

『ベンの見た夢』				「村上朝日堂」のホームページで読者とメールで交流	
『バビロンに帰る―ザ・スコット・フィッツジェラルド・ブック2』	『国際交流』十月号、「翻訳と日本文化―「村上春樹と翻訳」をめぐる三つのエッセイ」。				
『村上朝日堂ジャーナル うずまき猫の見つけかた』	『IN POCKET』十月号、「特別企画・村上春樹 あ・ら・か・る・と」。				
『心臓を貫かれて』					
『レキシントンの幽霊』					
『村上春樹、河合隼雄に会いにいく』					

『アンダーグラウンド』	吉田春生『村上春樹、転換する』彩流社	1997	48歳	西宮から神戸まで歩く	神戸連続児童殺傷事件
『村上朝日堂はいかにして鍛えられたか』	○『群像日本の作家26 村上春樹』小学館				香港がイギリスから中国に返還
『素晴らしいアレキサンダーと、空飛び猫たち』					消費税5%導入
					アイヌ文化振興法制定
〈水と水とが出会うところ／ウルトラマリン〉					
『若い読者のための短編小説案内』					

『ポートレイト・イン・ジャズ』					
『辺境・近境』	石倉美智子『村上春樹サーカス団の行方』専修大学出版局。	1998	49歳		長野冬季オリンピック開幕
『辺境・近境　写真篇』					
『ふわふわ』	小西慶太『村上春樹の音楽図鑑』ジャパン・ミックス。				金融監督庁（現金融庁）発足
『村上朝日堂　夢のサーフシティー』					
『犬の人生』	小林正明『村上春樹・塔と海の彼方』森話社。				

1999	50歳	『約束された場所で Underground 2』で第2回桑原武夫学芸賞	『約束された場所で underground 2』 『スプートニクの恋人』 『最後の瞬間のすごく大きな変化』 『もし僕らのことがウイスキーであったなら』	久居つばき『ノンフィクションと華麗な虚偽ー村上春樹の地下世界』マガジンハウス 深海遥『探訪 村上春樹の世界』斎藤郁男・写真、ゼスト。 『國文学』一月臨時増刊号、「ハイパーテクスト・村上春樹」。 井上義夫『村上春樹と日本の「記憶」』新潮社 栗坪良樹・柘植光彦編『村上春樹スタディーズ 〇一』若草書房

	栗坪良樹・柘植光彦編『村上春樹スタディーズ〇二』若草書房				
	栗坪良樹・柘植光彦編『村上春樹スタディーズ〇三』若草書房				
	栗坪良樹・柘植光彦編『村上春樹スタディーズ〇四』若草書房				
	栗坪良樹・柘植光彦編『村上春樹スタディーズ〇五』若草書房				
『神の子供たちはみな踊る』	井川龍郎『休日の村上春樹―コアにさわる』	2000	51歳	シドニーオリンピック取材	シドニーオリンピック開幕
『月曜日は最悪だとみんなは言うけれど』	〇浦澄彬『村上春樹を歩く―作品の舞台と暴力の影』彩流社				

『ジャズ・アネクドーツ』	高橋丁未子『Ｈａｐｐｙ Ｊａｃｋ鼠の心―村上春樹―の研究読本』北宋社				
『またたび浴びタマ』	『ダ・ヴィンチ』一一月号				
『そうだ、村上さんに聞いてみよう』	○『ユリイカ』三月臨時増刊号、「総特集・村上春樹を読む」。				
『必要になったら電話をかけて』					
『翻訳夜話』					
『シドニー』	酒井英行『村上春樹―分身との戯れ』翰林書房。	2001	52歳		小泉内閣発足

『村上朝日堂 スメルジャコフ対織田信長家臣団』	平野芳信『村上春樹と《最初の夫の死ぬ物語》』翰林書房。				アメリカ同時多発テロ
『ポートレイト・イン・ジャズ2』	松岡祥男『哀愁のストーカー―村上龍・村上春樹を越えて』ボーダーインク。				アメリカ軍によるアフガニスタン侵攻
『村上ラヂオ』	吉田春生『村上春樹とアメリカ―暴力性の由来』彩流社				省庁再編、1府12省庁
『空を駆けるジェーン』	台所でよむ村上春樹の会『村上レシピ』飛鳥新社。				
	台所でよむ村上春樹の会『村上レシピプレミアム』飛鳥新社。				
	○アエラムック十二月号、「村上春樹がわかる。」				

『誕生日の子供たち』	飯塚恒雄『村上春樹の聴き方』角川文庫	2002	53歳	『海辺のカフカ』のホームページで読者とメールで交流	日韓ワールドカップ開幕
『英雄を歌うまい』	林正『村上春樹論—コミュニケーションの物語』専修大学出版局				公立学校完全週五日制開始
『海辺のカフカ』	『ダ・ヴィンチ』十一月号「ワンダー村上春樹ランド」				日朝首脳会談
『村上春樹前作品1990～2000①』					
『バースデイ・ストーリーズ』					
『キャッチャー・イン・ザ・ライ』		2003	54歳		イラク戦争

『村上春樹編集長　少年カフカ』					地上デジタル放送開始
『翻訳夜話2　サリンジャー戦記』					有事関連三法成立
『いまいましい石』					
村上春樹全作品1990~2000②~⑦』					
『世界の全ての七月』	○酒井英行『『ノルウェイの森』の村上春樹』沖積社	2004	55歳		アテネオリンピック開幕
『必要になったら電話をかけて』	鈴村和成『村上春樹と猫の話』彩流社				新潟県中越地震

『アフターダーク』	舘野日出男『ロマン派から現代へ―村上春樹、三島由紀夫、ドイツ・ロマン派』松山大学研究叢書				
『2匹のいけないアリ』	加藤典洋編『村上春樹―イエローページ作品別（1995―2004）』荒地出版社				
『東京するめクラブ地球のはぐれ方』	○『「村上春樹」が好き！』宝島社文庫				
	『群像』十月号、「特集・新しい「村上春樹」」				
『ふしぎな図書館』		2005	56歳		愛知国際博覧会
『象の消滅』					個人情報保護法施行

『人生のちょっとした煩い』	『東京奇譚集』	『魔術師アブドゥル・ガサツィの庭園』	『ポテト・スープが大好きな猫』	『意味がなければスイングはない』	『「これだけは村上さんに言っておこう」』
					○大塚英志『村上春樹論ーサブカルチャーと倫理』若草書房
					2006
					57歳
					フランツ・カフカ国際文学賞（チェコ）
					麻原彰晃（松本智津夫）被告の死刑が確定。

『「ひとつ、村上さんでやってみるか」』	『グレート・ギャッツビー』	『さあ犬になるんだ！』	『はじめての文学　村上春樹』		
風丸良彦『越境する「僕」ー村上春樹、翻訳文体と語り手』試論者	加藤典洋『村上春樹論集1』若草書房	加藤典洋『村上春樹論集2』若草書房	兼松光『音楽家たちの村上春樹ーノルウェイの森と一〇のオマージュ』フラッシュポイント	○川村湊『村上春樹をどう読むか』作品社	川本三郎『村上春樹論集成』若草書房
『めくらやなぎと眠る女』でフランク・オコナー国際短編（アイルランド）	『海辺のカフカ』で世界幻想文学大賞（アメリカ）直筆原稿流出騒動				

	○小森陽一『村上春樹論―『海辺のカフカ』を精読する』平凡社				
	佐藤幹夫『村上春樹の隣には三島由紀夫がいつもいる。』PHP研究所。				
	○清水良典『村上春樹はくせになる』朝日新聞社				
	宮脇俊文『村上春樹ワンダーランド』いそっぷ社				
『ロング・グッドバイ』	○石原千秋『謎とき村上春樹』光文社	2007	58歳	朝日賞	河合隼雄死去（79歳）
『村上かるた　うさぎおいしーフランス人』	岩宮恵子『思春期をめぐる冒険―心理療法と村上春樹の世界』新潮文庫				

『走ることについて語るとき僕の語ること』	『村上ソングズ』				
○内田樹『村上春樹にご用心』アステルパブリッシング	風丸良彦『村上春樹短篇再読』みすず書房	○黒古一夫『村上春樹―「喪失」の物語から「転換」の物語へ』勉誠出版	小西慶太『「村上春樹」を聴く―ムラカミワールドの旋律』阪急コミュニケーションズ。	塩浜久雄『村上春樹はどう誤訳されているか―村上春樹を英語で読む』若草書房	塩浜久雄『『ノルウェイの森』を英語で読む』若草書房

四季が岳太郎『僕と鼠と羊の物語』杉並けやき出版

坪内祐三『アメリカ―村上春樹と江藤淳の帰還』扶桑社

半田淳子『村上春樹、夏目漱石と出会う―日本のモダン・ポストモダン』若草書房

藤井省三『村上春樹のなかの中国』朝日新聞社

山根由美恵『村上春樹〈物語〉の認識システム』若草書房

酒井英行ほか『『ダンス・ダンス・ダンス』解体新書』沖積社

	村上春樹研究会編『村上春樹作品研究事典』増補版、鼎書房。			
	『ミステリマガジン』六月号、「村上春樹訳『ロング・グッドバイ』を読み解く」。			
『ティファニーで朝食を』	明里千章『村上春樹の映画記号学』若草書房。	2008	59歳	プリンストン大学より名誉博士号を授与 村上春樹の父村上千秋死去（90歳）
『ペット・サウンズ』	飯塚恒雄『僕は「村上春樹」と旅をした』愛育社。			北京オリンピック開幕
『村上春樹ハイブ・リット』	加藤典洋『文学地図―大江と村上と二十年』朝日新聞出版。			リーマンショック
	塩浜久雄『村上春樹を英語で読む―海辺のカフカ』若草書房。			

清水良典『Murakami ― 龍と春樹の時代』幻冬舎新書。

山崎眞紀子『村上春樹の本文改稿研究』若草書房。

今井清人編『村上春樹スタディーズ 2005―2007』若草書房。

宇佐美毅・千田洋幸編『村上春樹と一九八〇年代』おうふう。

酒井英行『村上春樹を語る―世界の終わりとハードボイルド・ワンダーランド』沖積舎。

『國文学別冊』一月号、柘植光彦編「村上春樹―テーマ・装置・キャラクター」

『私たちの隣人、レイモンド・カーヴァー』	○大塚英志『物語論で読む村上春樹と宮崎駿―構造しかない日本』角川書店。	2009	60歳	エルサレム賞（イスラエル）	オバマ大統領就任
『さよなら、愛しい女』	風丸良彦『村上春樹〈訳〉短篇再読』みすず書房。			「壁と卵」の受賞スピーチを行う	消費者庁発足
『1Q84 BOOK1』	柴田勝二『中上健次と村上春樹―〈脱六〇年代〉的世界のゆくえ』東京外国語大学出版会			『1Q84』で第63回毎日出版文化賞	民主党へ政権交代
『1Q84 BOOK2』	鈴木智之『村上春樹と動物の条件―『ノルウェイの森』から『ねじまき鳥クロニクル』へ』青弓社。			『1Q84』で第44回新風賞	裁判員制度開始
『めくらやなぎと眠る女』	鈴村和成『村上春樹・戦記―『1Q84』のジェネシス』彩流社				
『冬の夢』	都甲幸治『偽アメリカ文学の誕生』水声社。				

とよだもとゆき『村上春樹と小阪修平1968年』神泉社。

渡辺みえこ『語り得ぬもの―村上春樹の女性表象』御茶の水書房。

○河出書房新社編集部編『村上春樹『1Q84』をどう読むか』河出書房新社。

空気さなぎ調査委員会『村上春樹「1Q84」の世界を深読みする本』ぶんか社

酒井英行『『ノルウェイの森』を語る』沖積社。

柴田元幸・沼野充義・藤井省三・四方田犬彦編『世界は村上春樹をどう読むか』文春文庫。

	『1Q84　BOOK3』	『ビギナーズ』	『おおきな木』
藤井省三編『東アジアが読む村上春樹―東京大学文学部中国文学科国際共同研究』若草書房。 ○村上春樹研究会編『村上春樹の「1Q84」を読み解く』データハウス。 『洋泉社ムック』八月号「『1Q84』村上春樹の世界」。			
	2010		
	61歳		
	映画『ノルウェイの森』公開		
	J・Dサリンジャー死去（91歳）	小惑星探査機「はやぶさ」帰還	

『夢を見るために毎朝僕は目覚めるのです 村上春樹インタビュー集 1997-2009』	『ねむり』	『リトル・シスター』	『村上春樹 雑文集』	『私たちがレイモンド・カーヴァーについて語ること』	『おおきなかぶ、むずかしいアボカド 村上ラジオ2』
			2011		
			62歳		
			カタルーニャ国際賞（スペイン） 賞金を東日本大震災の義援金として寄付		
			東日本大震災	「なでしこジャパン」女子ワールドカップ初優勝	

『バット・ビューティフル』					
『小澤征爾さんと、音楽について話をする』					
『極北』		2012	63歳	『小澤征爾さんと、音楽について話をする』で第11回小林秀雄賞を小澤征爾と共同受賞	ロンドンオリンピック開幕
『サラダ好きのライオン　村上ラヂオ3』					東京スカイツリー開業
『大いなる眠り』					山中伸弥ノーベル賞受賞
					復興庁発足

『パン屋を襲う』		2013	64歳		富士山世界遺産登録
『色彩を持たない多崎つくると、彼の巡礼の年』					
『恋しくて』					
『フラニーとズーイ』		2014	65歳	ヴェルト文学賞（ドイツ）	安西水丸死去（71歳）
『女のいない男たち』					消費税8%導入
『図書館綺譚』					

『高い窓』					
『Ｎｏｖｅｌ１１，Ｂｏｏｋ１８』		２０１５	６６歳	期間限定質問・相談サイト「村上さんのところ」開設	
『村上さんのところ』					
『職業としての小説家』		２０１６	６７歳	アンデルセン賞受賞	
『騎士団長殺し』		２０１７	６８歳		
『村上春樹翻訳ほとんど全仕事』					
		２０１９	７０歳	早大に村上春樹記念館オープンを発表	

本書の主な参考文献（順不同）

「実存と構造」三田誠広（集英社新書）
「精神科医が読み解く名作の中の病」岩波明（新潮社）
「ゼロ年代の想像力」宇野常寛（早川書房）
「リトル・ピープルの時代」宇野常寛（幻冬舎）
「オウムと全共闘」小浜逸郎（草思社）
「言語としてのニュージャーナリズム」玉木明（學藝書林）
「文壇アイドル論」斎藤美奈子（岩波書店）
「反=文藝評論」小谷野敦（新曜社）
「病む女はなぜ村上春樹を読むか」小谷野敦（ベスト新書）
「村上春樹イエローページ」加藤典洋編（荒地出版社）
「村上春樹イエローページ PART2」加藤典洋編（荒地出版社）
「村上春樹イエローページ３」加藤典洋（幻冬舎文庫）
「村上春樹は、むずかしい」加藤典洋（岩波新書）
「群像日本の作家村上春樹」加藤典洋他（小学館）
「ふたりの村上」吉本隆明（論創社）
「一冊でわかる村上春樹」村上春樹を読み解く会（KADOKAWA）

「愛ゆえの反ハルキスト宣言」 平山瑞穂（皓星社）
「村上春樹いじり」 ドリー（三五館）
「物語論で読む村上春樹と宮崎駿」 大塚英志（角川ONEテーマ２１）
「村上春樹論」 大塚英志（若草書房）
「ねじまき鳥の探し方」 久居つばき（太田出版）
「村上春樹論」 小森陽一（平凡社新書）
「村上春樹スタディーズ２０００—２００４」 今井清人編（若草書房）
「村上春樹とポストモダン・ジャパン」 三浦玲一（彩流社）
「『騎士団長殺し』の「穴」を読む」 谷崎立彦（彩流社）
「村上春樹を歩く」 浦澄彬（彩流社）
「村上春樹を読みつくす」 小山鉄郎（講談社現代新書）
「村上春樹を読む午後」 湯川豊、小山鉄郎（文藝春秋）
「村上春樹と私」 ジェイ・ルービン（東洋経済新報社）
「謎解き村上春樹」 石原千秋（光文社新書）
「増補版村上春樹はくせになる」 清水良典（朝日文庫）
「デビュー小説論」 清水良典（講談社）
「村上春樹の読みかた」 菅野昭正編（平凡社）
「村上春樹を心で聴く」 宮脇俊文（青土社）
「村上春樹とハルキムラカミ」 芳川泰久（ミネルヴァ書房）

「村上春樹『ノルウェイの森』の研究」酒井英行、堀口真利子（沖積舎）
「村上春樹『１Ｑ８４』をどう読むか」河出書房新社編集部編（河出書房新社）
「村上春樹の「１Ｑ８４」を読む解く」村上春樹研究会（データハウス）
「みみずくは黄昏に飛びたつ」川上未映子、村上春樹（新潮社）
「村上春樹と二十一世紀」千田洋幸、宇佐美毅（おうふう）
「村上春樹語辞典」ナカムラクニオ、道前宏子（誠文堂新光社）
「もういちど村上春樹にご用心」内田樹（文春文庫）
「世界は村上春樹をどう読むか」柴田元幸、沼野充義、藤井省三、四方田犬彦（文春文庫）
「村上春樹のフィクション」西田谷洋（ひつじ書房）
「「村上春樹」大好き！」別冊宝島編集部編（宝島社）
「村上春樹「騎士団長殺し」メッタ斬り！」大森望、豊崎由美（河出書房新社）
「「現在」に挑む文学」松山愼介（響文社）
「村上春樹のエロス」土居豊（KKロングセラーズ）
「アエラムック村上春樹がわかる。」朝日新聞社
「考える人」２０１０年夏号「村上春樹ロングインタビュー」
「ユリイカ」１９８９年6月臨時増刊号「総特集・村上春樹の世界」
「ユリイカ」２０００年3月臨時増刊号「村上春樹を読む」
「ユリイカ」２０１１年1月臨時増刊号「総特集・村上春樹」

著者略歴

梅川康輝（うめかわ・やすてる）

1973年9月新潟県生まれ。日本大学商学部中退後、日本ジャーナリスト専門学校（現在は閉校）にて、ジャーナリストの猪野健治、コラムニストの故井家上隆幸に師事。都内で新聞、雑誌記者を約10年経験し、地元へUターン。「公評」誌上で、2017年12月号から2018年9月号まで村上春樹論を連載。現在はフリーランスライターとして、地元メディアを中心に新聞、雑誌、ｗｅｂなどで執筆中。東京ライターズバンク会員。

マイノリティーとしての村上春樹論

2020年1月24日　初版発行

著者　梅川康輝
編集協力　森こと美
発行者　千葉慎也

発行所　アメージング出版（合同会社 AmazingAdventure）
（東京本社）　〒103-0027　東京都中央区日本橋 3-2-14
新槙町ビル別館第一 2 階
（発行所）〒512-8046　三重県四日市市あかつき台 1-2-108
電話　050-3575-2199
E-mail info@amazing-adventure.net
発売元　星雲社
〒112-0005 東京都文京区水道 1-3-30
電話　03-3868-3275
印刷・製本　シナノ書籍印刷

ISBN 978-4-434-26964-6　C0095